Jean-Pierre Davidts

Der kleine Prinz kehrt zurück

Jean-Pierre Davidts

Der kleine Prinz kehrt zurück

Mit Zeichnungen
von Marie-Claude Favreau

Aus dem Französischen
übersetzt von Brigitte Große

Rotbuch Verlag

Die Originalausgabe erschien 1997
unter dem Titel »Le petit prince retrouvé«

Die Deutsche Bibliothek – CIP-Einheitsaufnahme

Ein Titeldatensatz für diese Publikation ist bei
der Deutschen Bibliothek erhältlich

Umschlaggestaltung: +malsy, Bremen
unter Verwendung des Umschlagmotivs der Originalausgabe
von Marie-Claire Favreau
Herstellung: Das Herstellungsbüro, Hamburg
Druck und Bindung: Clausen & Bosse, Leck
Printed in Germany

ISBN 3-434-53072-X

Für alle kleinen Prinzen,
die auf dieser Erde unterwegs sind

Und wenn ihr zufällig da vorbeikommt, eilt nicht weiter, ich flehe euch an – wartet ein bißchen, gerade unter dem Stern! Wenn dann ein Kind auf euch zukommt, wenn es lacht, wenn es goldenes Haar hat, wenn es nicht antwortet, so man es fragt, dann werdet ihr wohl erraten, wer es ist. Dann seid so gut und laßt mich nicht weiter so traurig sein: schreibt mir schnell, wenn er wieder da ist ...

Antoine de Saint-Exupéry

Lieber Herr von Saint-Exupéry,

wenn ich heute zur Feder greife, um Ihnen zu schreiben, dann tue ich dies, weil mir eine merkwürdige Geschichte widerfahren ist.

Ich darf mir schmeicheln, ein Weltenbummler nach Ihrem Vorbild zu sein, zumindest in meinem Herzen. Denn ich war zeit meines Lebens auf Reisen, obwohl ich selten aus meinem Polstersessel kam. Wenn Sie erlauben, will ich das kurz erläutern.

Man kann vieles tun, ohne das Haus zu verlassen. Ich jedenfalls habe beschlossen zu reisen. Mit einem Arsenal von Landkarten, Atlanten, Führern, Fahrplänen und Reiseberichten ausgerüstet, machte ich es mir zur Aufgabe, jeden Tag einen anderen Winkel dieser Welt zu besuchen.

Oh, dieser prachtvolle Sonnenuntergang in der Celebessee, diese im Nordlicht schillernden Morgennebel auf Ellesmere Island, diese zu goldenen Sicheln erstarrten Sandwellen in der Sahara und die Zypressenhaine in den Bayous, den vor Leben wimmelnden Sümpfen Louisianas ... Wie wurden meine eintönigen Nächte durch die gesammelten Erinnerungen anderer Reisender verschönt!

Im Laufe dieser Stellvertreterreisen habe ich eine besondere Vorliebe für Orte mit exotischem Namen entwickelt. Es macht mir nichts aus, wenn dort glühende Hitze herrscht oder polare Kälte – wahrscheinlich, weil sich zu Hause, in meinem Sessel, die Temperatur kaum verändert.

Eine besondere Schwäche habe ich, wie ich gestehen muß, für Kyaukpyu auf der Insel Ramree vor der Küstenebene des birmanischen Arakan entwickelt. Der Name ist schwierig auszusprechen, er kratzt im Hals, bleibt am Gaumen hängen, reibt sich an der Zunge und plumpst dann über die Zähne. Es müßte schön sein, dachte ich, diesen Ort einmal zu besuchen. Allerdings glaube ich nicht, daß oft Touristen in diese Stadt kommen, und wenn, dann nur ganz wenige. Denn, wissen Sie, die Leute hassen Komplikationen. Der Name würde sie abschrecken. Sie würden sich nicht trauen, ihn zu nennen, aus Angst, ihn falsch auszusprechen und sich dadurch zum Gespött zu machen (Lächerlichkeit tötet zwar nicht, wie manche sagen, kann aber tief verletzen). Also würden sie schon aus Stolz darauf verzichten, dorthin zu fahren.

Um ganz sicher zu sein, habe ich mit meinen Freunden ein kleines Experiment gemacht: Ich erzählte ihnen, daß ich vorhätte zu verreisen.

»Bravo!« riefen sie. »Wurde auch Zeit! Es wird dir guttun, wenn du dir mal ein bißchen frischen Wind um die Nase blasen läßt. Das ist doch kein Leben, immer nur zu Hause rumzuhocken. Wohin soll's denn gehen? Nach Italien? Nach England? Vielleicht auf die Antillen?«

»Nach Kyaukpyu.«

Ihre Miene wechselte augenblicklich.

»Ah, Kja ... äh ... kwi ... Hm! Ja, ja, ich glaube, ich habe schon davon gehört. Nettes Fleckchen. Und wie geht's deiner Mutter?«

Wenn ich nur eine einzige Reise machen sollte in meinem kurzen Leben, sagte ich mir da, wenn es einen Ort gäbe, der mich aus meinem Sessel reißen könnte, dann wäre es dieser.

Das Lästige am Reisen – sofern es nicht nur im Polstersessel und auf der Landkarte stattfindet – sind die Mitreisenden. Ich bin kein Menschenfeind, aber die allzu große Nähe anderer ist mir unangenehm. Außerdem kann ich, behaglich in meinem Sessel sitzend, in Kislowodsk oder Södertalje verweilen, so lange ich möchte. Meine Gefährten würden womöglich zum Aufbruch drängen oder harmlosere Orte mit verheißungsvolleren Namen wie Rom, Paris, London oder New York vorziehen. Und das demokratische Empfinden, ganz zu schweigen von der Höflichkeit, würde von mir fordern, daß ich mich dem Wunsch der Mehrheit beuge.

Um in aller Ruhe Kyaukpyu zu besichtigen, wäre es wohl am besten, ich verreiste allein.

Ich hatte so lange Zeit in meinem Polstersessel zugebracht, daß ich einen gewissen Hang zum Unbequemen verspürte. Also beschloß ich, auf den übersteigerten Luxus einer Kreuzfahrt zu verzichten und mit der nüchternen Effizienz eines gewöhnlichen Frachters vorlieb zu nehmen, der mich am schnellsten ans Ziel bringen würde.

Lieber Herr von Saint-Exupéry, ich weiß, daß Ihr Fliegerblut nicht gerade in Wallung gerät, wenn Sie das lesen. Nehmen Sie es mir nicht übel, aber ich halte nicht viel vom Fliegen. Aus der Luft betrachtet, ist alles so winzig, als wäre dort statt der Landschaft eine Landkarte hingebreitet, und meistens sieht man ohnehin nicht mehr als eine ununterscheidbare Herde umwölkter Gipfel. Ich wollte dem Wasser und der Erde nahe sein, wo sie sich berühren, ich sehnte mich nach dem Konkreten, Wirklichen.

Als meine Entscheidung gefallen und meine Koffer gepackt waren, machte ich mich auf den Weg zum nächstgelegenen Hafen. Dort fragte ich die Kapitäne der auf Reede liegenden Schiffe:

»Fahren Sie nach Kyaukpyu?«

»Was? Wohin?« fragten sie zurück.

»Nach Kyaukpyu?«

»Kenn ich nich!«

»Bösen Husten hamse sich da eingefangen, sollten sich mal auskurieren.«

Sie hätten wirklich ein bißchen freundlicher sein können. Es war zum Verzweifeln.

Dann kam ich zum letzten Schiff, einem uralten Frachter mit bleichem, verkrustetem Kiel, dessen brandiger Rumpf aus zahllosen Rostlöchern blutete. Der Name SKIPSKJELEN schien mir ein gutes Vorzeichen zu sein. Beherzt erklomm ich den Steg, der unter der ungewohnten Belastung heftig schwankte, und machte mich auf die Suche nach dem Kapitän, den ich in seinem Quartier aufstöberte.

Mit seiner ankerbestickten marineblauen Jacke und

seinem schwarzen Bart, der ein vom Schwell der Jahre durchfurchtes Gesicht überwucherte, sah er genauso aus, wie man sich einen alten Seebären vorstellt. Die Pfeife im Mundwinkel, schlürfte er ein Gläschen bernsteinfarbenen Jahrgangsrum, der in seinen meerblauen Augen karibische Funken schlug.

»Ich will nach Kyaukpyu, Kapitän«, sagte ich ohne Umschweife.

Er hob den Kopf und sah mich neugierig an. Ein schmales Lächeln teilte den Algenvorhang auf seinen Wangen.

»Nach Kyaukpyu? Malerisches Örtchen, nur'n bißchen ruhig nach'm Zapfenstreich, würd' ich sagen. Willkommen an Bord, Jan Maat.«

Am nächsten Tag legten wir ab.

Glauben Sie mir, es war eine wundervolle Reise.

Ich verbrüderte mich gleich mit dem Kapitän, der hinter seinem bärbeißigen Gehabe ein Herz aus Gold verbarg. Ich hätte von früh bis spät zuhören können, wenn er von den Abenteuern erzählte, die ihn vom Nordpol zum Südpol geführt hatten. Aufmerksam überprüften wir jeden Tag das Vorankommen unseres Schiffes, er auf seinen mit sibyllinischen Zahlen bedeckten Seekarten, ich auf meinen Landkarten, wo ein barbarisch klingender Name dem anderen folgte: Badr Hûnayn, Râ's ash-Sharbithât, Srivardhan, Lakshadweep, Tiruvanantapuram, Chavakachcheri, Pariparit Kyûn ...

Bei Sonnenuntergang ging ich in die Kapitänskajüte, um ein wenig mit ihm zu plaudern. Da saßen wir dann, umwölkt von den bläulichen Kringeln, die duftend seiner Meerschaumpfeife entstiegen – denn daß es eine Meerschaumpfeife war, versteht sich ja von selbst. Der Kapitän kippte sich schwungvoll ein Glas von seinem Fusel hinter die Binde und goß sich noch ein zweites ein, bevor er von neuem zu den phantastischen, mit tausend kräftigen Flüchen gespickten Schilderungen seiner Irrfahrten über die sieben Meere und vier Ozeane anhub, die in mir ein lebhaftes Echo fanden. Seine heisere Stimme hauchte den fremdartigen Namen in meinen Karten auf magische Weise Leben ein, und im Licht seiner Erinnerungen leuchteten meine vierfarbigen Atlanten in allen Farben des Regenbogens.

Dann, nach einem großartigen Sonnenuntergang in der Andamanensee, bei dem alle Abstufungen von Ocker, Purpur und Indigo am Himmel zu einem Aquarell ineinanderflossen, kam der Monsun über uns.

Die entfesselten Elemente fielen über den alten Kahn her und rissen ihn von Luv nach Lee, daß sein Gerippe die ganze Nacht ächzte und stöhnte. Ich hatte Ölzeug über meinen Pyjama gezogen und versuchte, ohne auf die Gefahren zu achten, mich zur Poop durchzukämpfen, wo der Kapitän unverzagt die Stellung hielt, um die Skipskjelen vor dem drohenden Untergang zu retten. Heulende Böen und klappernde Bleche gaben ein ohrenbetäubendes Konzert, während ich mich mit aller Kraft dem Sturm entgegenstemmte. Das Unglück wollte es, daß das Schiff in dem Moment, als ich auf der wasserglänzenden Brükke ausrutschte, Schlagseite bekam, so daß eine auf Deck hereinbrechende Woge mich von Bord spülte.

Ich bin ein miserabler Schwimmer und verdanke mein Leben nur dem glücklichen Umstand, daß, kurz bevor ich absoff, ein Stück Treibholz vorbeigeschwommen kam. Verzweifelt klammerte ich mich daran und ließ es nicht mehr los, während ich in wilder Berg- und Talfahrt von Wellenkamm zu Wellenkamm schlingerte. Als sich die See besänftigt und der Himmel, von seinem Bodensatz befreit, wieder geklärt hatte, stellte ich fest, daß ich auf einer kleinen Insel gestrandet war. Meine ganze Ausstattung bestand aus einem Paar Pantoffeln, in die ich vor dem Schiffbruch geschlüpft war. In diesem Moment mußte ich mir eingestehen, daß Reisen, für die man seinen Sessel verläßt, gewisse Unannehmlichkeiten mit sich bringen.

Die Insel war kaum größer als ein Schnupftuch, ein Haufen Sand mit einem Buschen Kokospalmen im Nirgendwo, ein grünes Staubkorn im unendlichen Blau des Ozeans.

Welche Ironie des Schicksals, lieber Herr von Saint-Exupéry! Sie stürzten in einem Sandmeer ab, und ich erlitt in einer Wasserwüste Schiffbruch.

Im Nu hatte ich mein neues Reich erkundet. Leider gab es darin keinen Freitag, der dem angehenden Robinson die Grundbegriffe des Insellebens hätte beibringen können. Einer Laune der Natur gehorchend, entsprang einem Steinhaufen in der Mitte der Insel eine muntere Quelle, die ein Knäuel tropischer Pflanzen mit bunten Früchten besprengte. Wenigstens würde ich nicht verdursten oder verhungern.

Ich war so wenig gewitzt im Umgang mit den Unbilden des Abenteurerlebens, daß mich diese abrupte Wendung der Dinge vollkommen überraschte.

Wie auch sonst, mögen Sie einwenden, lieber Herr von Saint-Exupéry, und hätten natürlich recht. Dennoch – wer nur ein wenig mehr durch die Welt gekommen wäre, sähe sich solchen Umständen wohl nicht so hilflos ausgeliefert wie ein Salongelehrter meiner Couleur.

Ich hatte nicht die geringste Vorstellung, welches Verhalten einer solch unerquicklichen Lage angemessen sei, und entschied mich für die vernünftigste Lösung: Ruhe bewahren und gute Miene zum bösen Spiel machen, bis Hilfe einträfe. Wenn die Skipskjelen nicht untergegangen war – allerdings hatte ich noch keinen Beweis des Gegenteils –, würde der Kapitän mich retten. Früher oder später wäre das Schicksal mir hold und schickte mir ein Schiff, das in diesen Gewässern kreuzte und Kurs auf mein Sandfloß nähme. Geduld und Zuversicht sind der Proviant des Schiffbrüchigen.

Von dieser Gewißheit ermutigt, machte ich es mir unter einer Kokospalme so bequem, wie es eben ging, und sank vor lauter Erschöpfung sogleich in einen traumlosen Schlaf.

Wie lange hatte ich wohl in Morpheus' Armen geruht? Ich weiß es nicht. Eine zarte Stimme weckte mich.

»Bist du ein Tigerjäger?«

Überrascht fuhr ich hoch.

Muß ich ihn beschreiben, lieber Herr von Saint-Exupéry? Sie wissen soviel mehr von ihm, als ich jemals erfahren werde. Sein Haar war golden wie sonnensatter Juliweizen, und sein Gewand hätte man eher zwischen den Marmorsäulen eines Palasts erwartet als auf einem von Meereswellen umspülten Fleckchen Sand. Er stand vor mir und betrachtete mich. Neben ihm kaute ein Schaf friedlich an einem Palmblatt. Es hatte jene Leere in den Augen, die alle Angehörigen seiner Art für die Wirren der Welt um sie herum unerreichbar macht.

Mein erster Gedanke war, daß ein Schiff gelandet sei, während ich schlief, und ich nichts davon gemerkt hätte. Ich ging um die ganze Insel herum, kniff die Augen zusammen und suchte den Horizont in allen Himmelsrichtungen ab – vergebens. Also bat ich den kleinen Unbekannten, mir das Gefährt zu zeigen, das ihn auf meinem rettenden Eiland abgesetzt hatte.

Er blickte aus seiner Dreikäsehochperspektive zu mir auf und wiederholte ungerührt seine Frage:

»Bist du ein Tigerjäger?«

Das Denken von Kindern folgt ja oft sehr viel gewundeneren Pfaden als das von Erwachsenen. Ich sagte mir also, es würde zu nichts führen, den Bengel vor den Kopf zu stoßen, indem ich ihn zu einer Antwort zwang. Ließe ich mich hingegen auf sein Spiel ein, könnte ich vielleicht sein Vertrauen gewinnen und auf diese Weise etwas aus ihm herausbekommen.

»Nein, ich bin kein Tigerjäger«, sagte ich. »Und wo sind deine Eltern? Sind sie an Bord geblieben?«

Er seufzte tief auf.

»Vermutlich verstehst du auch nichts davon.«

»Leider nein«, sagte ich und unternahm einen neuen Anlauf: »Sollten wir nicht zum Schiff zurückkehren? Deine Mama wird sich Sorgen machen.«

Ich hätte genauso gut zu einer Wand sprechen können.

»Weißt du, ob es hier Tigerjäger gibt?«

Vielleicht war es der Tatsache zuzuschreiben, daß ich mich in Pyjama und Pantoffeln am Ende der Welt, der tropischen zumindest, befand statt zu Hause an meinem Schreibtisch, wo ich in aller Ruhe in einer meiner Landkarten geschmökert hätte – jedenfalls stellte diese Fixierung auf Tiger und ihre Verfolger meine Geduld auf eine harte Probe.

Doch er ließ nicht locker.

»Weißt du, ob es hier Tigerjäger gibt?«

»Nein!« brauste ich auf, »hier sind keine! Tigerjäger pflegen sich dort aufzuhalten, wo Tiger leben, und Tiger leben gern im Dschungel, nicht auf so lächerlich kleinen Inseln!«

»Bei mir zu Hause ist alles klein, und Dschungel wächst dort auch nicht«, widersprach er. »Trotzdem wohnt da ein Tiger.«

Diese Auskunft ließ Zweifel in meiner Seele keimen.

»Du bist überhaupt nicht mit dem Schiff gekommen?« vergewisserte ich mich.

»Mit dem Schiff? Du hast vielleicht komische Ideen!« Er lachte aus vollem Hals, wurde aber schnell wieder ernst. »Wenn dir ein Tiger begegnen würde – wie würdest du ihn dann jagen?«

Allem Anschein nach beschäftigte ihn diese Frage, und er würde keine Ruhe geben, solange ich der Sache kein Ende setzte.

»Ich weiß nicht«, erwiderte ich unwirsch. »Ich habe mir noch nie den Kopf darüber zerbrochen.«

»Das ist aber dumm.«

Die Enttäuschung war ihm anzusehen.

Ich bestand nicht weiter auf Erklärungen und machte mich daran, selbst das Geheimnis seiner Ankunft zu lüften. Dieser kleine Knirps konnte doch, verdammt noch mal, nicht vom Himmel gefallen sein, schon gar nicht in Begleitung eines Schafs!

Ich umrundete noch einmal die Insel. Nirgends ein Dampfer, keine Yacht, kein Schoner, keine Schaluppe, kein Dingi, kein Kanu, nicht einmal eine Nußschale. Daraus schloß ich, daß der Sturm, dem ich meinen Aufenthalt an diesem gottverlassenen Gestade verdankte, noch andere Opfer gefordert hatte. Eine solche Prüfung hätte den abgebrühtesten Abenteurer aus der Bahn geworfen. Wahrscheinlich war das der Grund für seine wirren Reden, in denen Tiger eine so hervorragende Rolle spielten.

Ich seufzte bei dem Gedanken, daß die Population der Schiffbrüchigen auf der Insel sich mit einem

Schlag verdoppelt hatte, und machte mich dann, von Hunger und Durst geplagt, auf den Weg zur Quelle, den kleinen Prinzen im Schlepptau.

Diesen Ehrentitel hatte ich, obwohl Ihre Erinnerungen, lieber Herr von Saint-Exupéry, mir damals noch gänzlich unbekannt waren, meinem Leidensgenossen beigelegt, ohne nachzudenken, weil in seiner Aufmachung, seiner würdevollen Haltung und gepflegten Sprache etwas Aristokratisches lag.

Er wich nicht von meiner Seite, wie ein verirrtes Kind, das sich an den Nächstbesten klammert, der einen Anflug von Mitgefühl zeigt und sich die Mühe macht, ihm zuzuhören.

Ich ärgerte mich über meine Unbeherrschtheit. Schließlich konnte er nichts für die Umstände, die uns zusammengeführt hatten. So knüpfte ich, teils aus schlechtem Gewissen, teils aus Neugier, das muß ich zugeben, das Gespräch wieder an.

»Warum willst du einen Tiger töten?« fragte ich.

»Töten? Ich will ihn doch nicht töten! Nur jagen.«

Da wurde mir klar, daß er mit »jagen« »verjagen« meinte. Ich schämte mich, weil ich, wenn auch nur einen Moment lang, geglaubt hatte, ein Kind könnte einem lebendigen Wesen den Tod wünschen, und sei es so wild wie ein Tiger. Die einzige klägliche Rechtfertigung dafür war ein typischer Fehler der Erwachsenen: ihre Neigung, überall das Schlechte zu sehen, besonders dort, wo es nicht ist.

Meine unbedachte Frage hatte ihn so verstört, daß ich das wieder gutmachen wollte und die erstbeste Lösung vorschlug, die mir durch den Kopf ging.

»Wie wär's, wenn du ihm eine Falle stellst?«

»Eine Falle?«

»Ja, du gräbst eine Grube und fängst ihn darin.«

»O nein! Mein Planet ist viel zu klein. Ich könnte ihn durchbohren.«

Sein Planet! Ich war sprachlos. Aber die Antwort war so unvermittelt, so selbstverständlich aus ihm herausgesprudelt, daß ich nicht glauben mochte, sie wäre einzig seiner Phantasie entsprungen.

Durch welche Zauberei jedoch konnte es ihn mitsamt seinem Schaf aus dem Weltall hierher verschlagen haben? Mein an den Gesetzen der kartesianischen Logik geschulter Geist verwarf diese Möglichkeit kategorisch. Zu meiner Entlastung sei daran erinnert, lieber Herr von Saint-Exupéry, daß mich zu diesem Zeitpunkt die Lektüre Ihrer Werke noch keines Besseren belehrt hatte.

Ich hatte keine Lust, dieses Gespräch zu vertiefen. Als mein Blick auf das überall herumliegende Treibgut fiel, das nach dem Unwetter an den Strand geschwemmt worden war, kam ich auf die Idee, daß es ein ziemlich großes Feuer geben würde, wenn ich genügend davon sammelte. Ich hatte zwar keine Streichhölzer, aber meine Brillengläser könnten mir als Brenngläser dienen, und es müßte doch mit dem Teufel zugehen, wenn es mir nicht gelänge, mit Hilfe der tropischen Sonne den Stoß zu entzünden. Wenn ich noch frische Blätter darauf legte, würde es richtig qualmen, und der dichte, schwarze Rauch über der glatten Fläche des Ozeans wäre vom Ausguck eines Schiffs, das in diesen Gewässern kreuzte, sicher schon von weitem zu sehen. Angesichts unserer mageren Vorräte und meiner rudimentären Kenntnisse in der Kunst des Überlebens fiel mir in diesem Augenblick nichts Besseres ein, als unsere Rettung voranzutreiben.

Während ich mich eifrig zu schaffen machte, gingen mir zahllose Gedanken durch den Kopf: Woher kam der komische Knirps? Wer war er? Wie hatte es ihn hierher verschlagen? Und warum war er mit einem Schaf unterwegs? Soviele Rätsel, die ich gern gelöst hätte. Leider war er nicht sehr gesprächig. Er wich meinen Fragen aus und stellte statt dessen seine eigenen.

Eine Weile lang trabte er friedlich neben mir her und beobachtete meine Vorbereitungen mit gelassener Neugier – bis ich am untersten Blatt einer Palme zog.

»Warum reißt du es aus?«

Sein Gesicht war vor lauter Empörung rot angelaufen.

»Grüne Blätter qualmen ordentlich im Feuer«, erklärte ich geduldig. »Wenn wir Glück haben, bemerkt jemand das Signal und kommt uns zu Hilfe.«

»Das ist kein Grund, der Palme weh zu tun!«

»Unsinn!« sagte ich. »Pflanzen spüren doch nichts.«

Der kleine Prinz ließ sich nicht beirren.

»Auf meinem Planeten kenne ich eine sehr empfindsame Rose!«

Ich bestand nicht auf meiner Meinung. Er hatte sich anscheinend ein Universum zurechtgezimmert, in dem die Vernunft der Erwachsenen nichts verloren hatte.

»Wenn man schweigt, heißt das noch lange nicht, daß man nicht leidet«, beharrte er.

Ich sann eine Weile über die Weisheit dieses Satzes nach.

»Meine Rose hat einen Dorn verloren«, fügte er hinzu. »Sie hat nichts gesagt, aber ich weiß genau, daß es ihr wehgetan hat. Ich habe gesehen, wie eine Träne von einem ihrer Blätter tropfte.«

Nun siegte doch meine Neugier. Ich unterbrach meine Arbeit und fragte ihn, warum die Rose ihren Dorn verloren habe.

»Aus Stolz!«

Mein Interesse am Schicksal seiner Blume wirkte wie ein Sesam-öffne-Dich: Mit einem Mal legte der kleine Prinz eine Gesprächigkeit an den Tag, die man hinter seiner bis dahin geradezu klösterlichen Zurückhaltung nicht vermutet hätte.

So erfuhr ich die Geschichte von dem Tiger.

Ich möchte Sie nicht mit der Beschreibung des Planeten langweilen, der Ihnen, lieber Herr von Saint-Exupéry, ja nicht fremd ist, im Gegenteil. Also fange ich damit an, daß eines Tages ein Zirkus dort halt gemacht hatte. Es war ein ganz gewöhnlicher Zirkus mit einem großen Zelt, Clowns, Seiltänzern und einer Menagerie. Er war nicht lange geblieben, weil es auf dem winzigen Planeten gar nicht genug Platz gab, das ganze Zirkusvolk aufzunehmen, darunter einen Elefanten, ein Dromedar, zwei Pferde, drei Robben und einen Tiger.

Als der Zirkusdirektor festgestellt hatte, daß nur ein einziger Zuschauer der Vorstellung applaudieren würde – noch dazu zum halben Preis –, hatte er ein verdrießliches Gesicht gemacht, etwas über harte Zeiten gebrummelt und sein Zelt abgebrochen. Er wollte anderswo sein Glück versuchen, wo er wenn schon kein zahlreicheres, so doch ein zahlungskräftigeres Publikum zu finden hoffte. Der Tiger aber, dessen Käfig nicht richtig verschlossen war, hatte die Gelegenheit beim Schopf ergriffen und sich aus dem Staub gemacht. Der kleine Prinz entdeckte ihn erst, als er seinen erloschenen Vulkan fegen wollte (man kann ja in diesen Dingen nicht vorsichtig genug sein). Dort hatte der Tiger sich verkrochen.

»Guten Tag«, sagte der kleine Prinz. »Warum versteckst du dich?«

»Psst!« flüsterte der Tiger. »Wenn das der Direktor hört, muß ich in den Käfig zurück, und das will ich nicht.«

»Hab keine Angst, du kannst ruhig herauskommen, der Zirkus ist weg.«

»Die Nachricht lob ich mir!« sagte der Tiger, sprang aus seinem Versteck, reckte sich und holte tief Atem. »Merkwürdig, die Luft ist anscheinend besser, wenn sie nicht durch Gitterstäbe gefiltert wird. Liegt am Eisen, schätze ich.«

»Warum bist du weggelaufen?« fragte der kleine Prinz. »Hat es dir zu Hause nicht gefallen?«

Der Tiger setzte sich nieder, hob eine Tatze, betrachtete sie von allen Seiten und leckte sie dann mit seiner großen rauhen Zunge sorgfältig ab.

»Das ewige Reisen ist mir zuviel geworden. Keiner macht sich eine Vorstellung, wie aufreibend es ist, immer nach zwei, drei Tagen schon wieder zu packen und umzuziehen. Ganz zu schweigen von den langweiligen Kunststücken, die man ununterbrochen üben muß. Ein bißchen Urlaub würde mir guttun.«

Er blickte sich um.

»Die Vulkane da haben Stil. Nur Grünzeug wächst zu wenig auf deinem Planeten. Ich bevorzuge eine üppigere Vegetation, die mich an meinen Heimatdschungel erinnert. Nun ja. Man nimmt, was man kriegt.«

»Du mußt mich jetzt entschuldigen«, sagte der kleine Prinz. »Ich habe noch zu tun.«

»Ich werde dich begleiten«, entschied der Tiger. »Ich will mir ein bißchen die Pfoten vertreten. Im Käfig verlernt man leicht, geradeaus zu gehen, weil man sich ständig im Kreis dreht.«

Wie Sie ja wissen, Herr von Saint-Exupéry, war der kleine Prinz auf das ökologische Gleichgewicht seines Planeten bedacht, bevor es diesen Begriff gab. Jetzt verstand ich auch, wozu er das Schaf brauchte, das um uns herumstreunte: Es half ihm, mit den Sprößlingen der Affenbrotbäume fertigzuwerden, die den Planeten zu überwuchern drohten. Abends verstaute er es immer gewissenhaft in seiner Kiste, denn einerseits weiß diese Tierart die relative Geborgenheit eines nächtlichen Unterstands zu schätzen, andererseits befürchtete er, es könnte sich in einem Anfall von Heißhunger irrtümlich an seiner geliebten Rose vergreifen.

Als der Tiger das Schaf erblickte, begannen seine Lefzen zu zucken und entblößten elfenbeinfarbene Reißzähne.

»Dieser Asteroid hat ja einige Überraschungen zu bieten«, stellte er fest. »Ich dachte, hier wohnt nur ein kleiner Prinz, und nun finde ich ein Schaf. Wo ich doch seit jeher eine Schwäche für diese zarten Wesen habe.«

Der kleine Prinz fühlte eine unerklärliche Verwirrung. Etwas wie eine verhüllte Drohung ging von dem Tiger aus, und hinter seinen liebenswürdigen Manieren schienen dunkle Abgründe zu lauern.

Als das Schaf es sich in seiner Kiste bequem gemacht hatte, kümmerte der kleine Prinz sich um seine Blume.

»Das hat ja lange gedauert«, beschwerte sich die Rose.

Denselben Vorwurf hatte sie ihm schon nach seiner letzten Reise gemacht. Nicht: Ich bin froh, daß du wieder da bist, auch nicht: Ich habe mir schon Sorgen um dich gemacht, bloß: Das hat ja lange gedauert.

Sie war eben eine sehr stolze Blume, die Rose mit ihren vier Dornen. Niemals hätte sie zugegeben, daß ihr auch nur ein bißchen bange war.

»Wen hast du da mitgebracht?« fragte sie beim Gießen.

»Nur einen Tiger«, erwiderte der kleine Prinz.

Die Blätter der Rose erbebten, obwohl es völlig windstill war.

»Einen Tiger! Bist du verrückt?« rief sie aus. »Weißt du, wie gefährlich das ist? Schnell, versteck dich hinter mir! Ich werde dich mit meinen Dornen schützen.«

Dem kleinen Prinzen wurde warm ums Herz. Anscheinend lag ihr doch etwas an ihm, und ihre gewohnte Gleichgültigkeit war nur gespielt.

Der Tiger hatte alles mit angehört. Er brach in ein schreckliches Gelächter aus, das wie ein Brüllen klang. Und die entblößten Reißzähne verstärkten den Eindruck seiner Wildheit noch.

»Hahaha! Eine Blume, die es mit einem Tiger aufnehmen will. So was Komisches hab ich noch nie gehört!«

Zorn und Scham hüllten die Rose in noch dunkleres Purpur.

»Sie sollten wissen, mein Herr, daß ich nicht wehrlos bin«, entgegnete sie und wölbte stolz den Stengel, um ihre Dornen zu präsentieren. Der Tiger lachte noch lauter.

»Lachen Sie nur! Meine Dornen sind schärfer als die spitzeste Nadel. Sie würden jeden Panzer durchbohren, wäre er auch so dick wie der eines Krokodils!«

»Diese Stacheln gegen meine Krallen?« feixte der Tiger und fuhr seine Klauen aus, die Krummschwertern glichen.

Der Mut der Rose war ihrem Stolz ebenbürtig. Obwohl sie erkannte, wie wenig sie gegen solche Waffen gewappnet war, sagte sie tapfer:

»Ich habe keine Angst.«

Das Grinsen des Tigers wich aus seinem Gesicht.

»Schade«, knurrte er. »Sollten Sie nämlich.«

Und mit einem gut gezielten Prankenhieb riß er ihr einen Dorn aus. Ein Tropfen Saft quoll aus der Wunde, doch die Rose schrie nicht und stöhnte nicht.

Augenblicklich stellte der kleine Prinz den Tiger zur Rede.

»Warum hast du das getan? Du hast doch gesehen, daß sie mit ihren Dornen gegen dich keine Chance hatte!«

»Sie hat nur gekriegt, was sie verdient. Sie bildet sich zuviel ein, deine Rose«, sagte der Tiger verächtlich und leckte sich die Pranke. »Man muß wissen, wo sein Platz ist im Leben, dann erspart man sich ziemlich viel Ärger. Dabei hat sie noch Glück gehabt, das kannst du mir glauben, ich weiß, wovon ich rede. Jemand anders wäre weniger großmütig gewesen und hätte sie nicht so billig davonkommen lassen.«

»Das ist keine Entschuldigung für das, was du getan hast!« sagte der kleine Prinz. »Geh weg! Ich will dich hier nie wieder sehen!«

»Glaubst du im Ernst, du könntest mir Angst einjagen?« fragte der Tiger. »Tiger fürchten sich vor nichts, na ja, vor fast nichts. Paß bloß auf, daß du mich nicht zu sehr reizt. Du kannst dich nämlich auch nicht besser wehren als deine Blume. Ehrlich, der Planet gefällt mir!« fuhr er fort. »Hier gibt es Schafe, und wenn es keine mehr gibt, bleiben noch die kleinen Prinzen. Außerdem habe ich, wenn mich nicht alles täuscht, Sprößlinge von Affenbrotbäumen gesehen. Wenn die erst mal groß sind, wird es hier fast so aussehen wie in dem Dschungel, aus dem ich komme, und ich werde mich richtig heimisch fühlen.«

Damit begab sich der Tiger auf die andere Seite des Planeten, wo es gerade Tag wurde, um sich an der Sonne zu wärmen.

Als er verschwunden war, tupfte der kleine Prinz an der Stelle, wo der Dorn abgerissen war und zarte Haut durch die zerrissene Rinde schimmerte, sacht den Saft vom Stengel seiner Rose.

»Laß nur«, sagte sie heldenmütig. »Es tut schon fast nicht mehr weh. Schau lieber, daß du wegkommst, bevor der Tiger zurück ist. Sonst frißt er erst das Schaf und dann dich, wenn er wieder Hunger hat. Nicht weil er böse ist, sondern weil das in seiner Natur liegt. Ich wollte dich beschützen, aber er hat leider recht: Ich bin nur eine Blume. Du mußt fort. Und nimm das Schaf mit!«

»Aber was wird er mit dir machen, wenn ich weg bin?« fragte der kleine Prinz besorgt.

»Ach, nicht viel, nur keine Angst«, erwiderte die

Rose. »Er wird mich sicher ein bißchen quälen. So sind die Mächtigen. Sie schöpfen ihre Stärke aus der Schwäche der anderen. Aber mach dir keine Sorgen. Fressen wird er mich nicht. Meine Dornen würden ihm im Hals steckenbleiben, so lächerlich sie auch wirken. Und wenn die Affenbrotbäume den Planeten zuwuchern, werde ich zwischen zwei Wurzeln immer noch ein Plätzchen für mich finden. Geh du nur!«

An dieser Stelle machte der kleine Prinz eine Pause, und ich sah, wie sich eine große Traurigkeit auf seinem Gesicht abzeichnete. Ich respektierte sein Schweigen. Vermutlich dachte er an seine Rose, die dem Untier auf Gedeih und Verderb ausgeliefert war. Wie tief er mit ihr verbunden war, konnte man kaum erahnen. Doch das, lieber Herr von Saint-Exupéry, haben Sie längst vor mir durchschaut.

Offenbar hatte er eingesehen, wie vernünftig der Rat seiner Blume war, und ihn befolgt. So war er hierher gelangt.

Ich, der vom Reisen geradezu besessen war, brannte darauf, daß er mit seinem Bericht fortfuhr. Doch als er endlich aus seinen Grübeleien auftauchte, nahm er den Faden seiner Erzählung nicht auf, sondern verfiel wieder in sein Schweigen, das ihm anscheinend zur zweiten Natur geworden war.

Ich schäme mich fast, es zuzugeben, lieber Herr von Saint-Exupéry, aber mir lag soviel daran, ihn wieder zum Sprechen zu bewegen, daß ich zu einer List griff: Ich kam auf seine Blume zurück.

Wie ich gehofft hatte, genügte die bloße Erwähnung der Rose, um sein Schweigen zu brechen, und meine Neugier wurde vollauf befriedigt.

Dem Rat der Rose gehorchend, hatte der kleine Prinz die Kiste mit dem schlafenden Schaf gepackt und den ersten Stern genommen, der vorbeiflog.

Er war nur widerwillig fortgegangen, fest entschlossen, so bald wie möglich zurückzukehren und den Eindringling zu verjagen. Bloß wie? Das war das Problem. Er mußte sich informieren. Irgend jemand könnte ihm sicher Auskunft geben. Also hielt er am ersten Asteroiden, an dem er vorbeikam.

Schnell verschaffte er sich einen Überblick. Der steinige Boden war kaum bewachsen, ein paar kümmerliche Sträucher hatten, keiner ersichtlichen Regel folgend, mit Müh und Not irgendwo Wurzeln geschlagen. Der Planet war völlig verwahrlost, also wahrscheinlich unbewohnt. Zum Absprung bereit, hatte er schon den Fuß gehoben, als er hinter sich eine Stimme hörte:

»Paß auf, du Unglücksrabe!«

Der kleine Prinz hielt in seiner Bewegung inne. Als er sich umdrehte, sah er einen zerlumpten Mann mit struppigem Haar, zerzaustem Bart und einer runden Brille auf sich zukommen.

»Hast du keine Augen im Kopf?« fuhr der ihn an. »Du hättest beinahe eine *Insignifica minuscula* zertreten. Dabei waren es bei der letzten Zählung auf diesem Planeten nur noch sechshundertsechsunddreißigtausendfünfhundertsiebzehn!«

»Tut mir leid«, sagte der kleine Prinz. »Aber ich weiß nicht einmal, wie eine *Insignifica minuscula* aussieht.«

»Da, schau her!«

Mit seinem knochigen Zeigefinger, dessen Nagel ein Trauerrand zierte, zeigte der Mann auf eine Flechte, einen winzigen grünen Punkt auf einem grauen Stein. Der kleine Prinz fragte sich, welche Bedeutung ein Organismus von so verschwindender Größe haben könnte, vor allem, da es auf dem Planeten noch sechshundertsechsunddreißigtausendfünfhundertsiebzehn davon gab, aber er wagte nicht, danach zu fragen.

»Gehen wir«, sagte der Mann. »Wir sollten hier nicht länger herumstehen.«

»Warum?«

Der Mann machte eine ärgerliche Handbewegung.

»Der Schatten! Wir stören das Ökosystem, weil wir Schatten werfen. Bevor du gekommen bist, gab es hier keinen Schatten. Durch deine Gegenwart nimmst du einigen Pflanzen die Sonne. Sie könnten darunter leiden oder sogar eingehen. Also komm und paß auf, daß du es genauso machst wie ich. Bei mir zu Hause können wir in aller Ruhe ein Schwätzchen halten, ohne daß die Natur darunter zu leiden hat.«

Der Naturschützer ging voran. Das war ein so seltsamer Anblick, daß der kleine Prinz sich zusammennehmen mußte, um nicht laut aufzulachen. Zunächst beugte er sich tief nach vorn. Die Nase fast auf der Erde, die Brille stets in Gefahr, von deren glänzendem krummen Rücken zu rutschen, untersuchte er den Boden eingehend, bevor er den Fuß hob und ihn mit der Spitze voran sacht auf diese Stelle senkte.

Sie kamen nur langsam und im Zickzack voran. Fast drei Stunden brauchten sie in diesem Schneckentempo für einen knappen Kilometer. Endlich tauchte die Behausung des Naturschützers auf, der vor seinen Mitmenschen in die Einöde geflohen war, um der Natur ganz nahe zu sein. Auf einer glatten, vollkommen kahlen Steinplatte erhob sich, aus allerlei Fundstücken notdürftig zusammengeflickt, eine windschiefe Hütte. Ein paar Karotten und Radieschen kümmerten auf einer Handvoll Erde in einer Felsnische vor sich hin.

Mit einem tiefen Seufzer ließ der Naturschützer sich nieder, von seinen Turnübungen etwas außer Atem.

»Ich würde dir ja gern eine Karotte anbieten«, sagte er, »aber die *Drosophila megalucifer* ist darüber hergefallen.«

»Die *Drosophila megalucifer*?«

»Eine gemeine Fliege mit einem miserablen Charakter«, erklärte der Naturschützer. »Sie surrt so laut, daß es nicht einmal hilft, wenn man sich die Ohren verstopft. Und weil sie buntes Gemüse nicht ausstehen kann, stürzt sie sich drauf und vertilgt es bis auf die letzte Faser. Das ist sehr schade, weil ich Karotten für mein Leben gern esse. Aber ich rede und rede«, unterbrach er sich, »und weiß noch nicht einmal, warum du hergekommen bist. Was schleppst du eigentlich in deiner Kiste mit dir herum? Sicher etwas sehr Wertvolles!«

»Ein Schaf«, erwiderte der kleine Prinz arglos.

Die Miene des Naturschützers verdüsterte sich.

»Ein Schaf?« schrie er. »Da drin? Schämst du dich nicht? Was würdest du sagen, wenn man dich da hineinsperren würde? Tiere sind zur Freiheit geboren, für ein Leben unter freiem Himmel, nicht im Gefängnis!«

»Das war doch nur für die Reise«, rechtfertigte sich der kleine Prinz. »Ich lasse es gleich heraus.«

Bei dieser Ankündigung sträubten sich dem Naturschützer die Haare, so daß er mehr denn je einem Igel glich.

»Was fällt dir ein! Eine Tierart in einem Ökosystem auszusetzen, wo sie nicht heimisch ist! Das wäre eine Katastrophe!«

»Du weißt nicht, was du willst«, bemerkte der kleine Prinz. »Erst wirfst du mir vor, daß ich das Schaf eingesperrt habe, und dann bist du dagegen, wenn ich ihm seine Freiheit zurückgeben will.«

»Aber doch nicht hier! Auf dem Planeten, von dem es kommt, natürlich!«

»Das geht nicht, dort gibt es einen Tiger. Den muß ich erst loswerden.«

»Loswerden! Wo es doch nur noch einen gibt! Ist dir nicht klar, daß du damit die ganze Art zum Aussterben verdammst?«

Allmählich hatte der kleine Prinz genug von den Vorwürfen. Er fragte sich auch, ob ihm jemand helfen konnte, dem es widerstrebte, eine mikroskopisch kleine Flechte zu zertreten und eine Fliege daran zu hindern, daß sie sein Gemüse vertilgte. Aber er wollte noch nicht aufgeben.

»Wenn ich nichts unternehme, frißt der Tiger mein Schaf.«

»Natürlich«, bestätigte der Naturschützer. »Schafe gehören zu seiner Nahrung, wie bei den meisten Fleischfressern.«

»Aber ich habe nur eins. Wenn er es frißt, gibt es keins mehr.«

»Natürlich. Aber das kannst du dir nicht aussuchen. Glaub mir, man sollte der Natur ihren Lauf lassen, ich habe da Erfahrung. Außerdem: Wenn der Tiger das Schaf gefressen hat, muß er den Planeten verlassen, um nicht zu verhungern. So löst sich dein Problem von selbst.«

Der kleine Prinz war von dieser Lösung nicht sonderlich begeistert. Wie sollte er ohne die Hilfe seines Schafs mit den Affenbrotbäumen fertigwerden?

Der Naturschützer holte zu einem gelehrten Vortrag aus, der von den Gefahren handelte, die jeder heraufbeschwöre, der den Zauberlehrling spielen wolle, und von der Weisheit der Natur, die selbst am besten wisse, worauf es ankomme. Währenddessen dachte der kleine Prinz an den kleinen Gemüsegarten und die Karotten, die der Naturschützer so gern mochte, aber nie mehr essen würde, weil er dem gefräßigen Insekt nichts antun mochte. Am Ende bedankte er sich für die Ratschläge und die Gastfreundschaft, wünschte dem Naturschützer einen schönen Abend und sprang auf den ersten Kometen, der vorbeiflog.

Der zweite Planet, zu dem seine Reise ihn führte, war völlig anders als der erste. Riesige, bunt leuchtende Schilder standen überall dicht an dicht, so daß man kaum wußte, wohin man den Fuß setzen sollte.

»Die sind ja noch schlimmer als Affenbrotbäume«, dachte der kleine Prinz.

»Laß mich raten«, sagte eine Stentorstimme hinter ihm: »Du hättest gern einen Klappkleiderständer!«

Der kleine Prinz drehte sich um. Ein Mann in einem karierten Anzug und mit einer Krawatte voller Comicfiguren stand lächelnd vor ihm und blendete ihn mit dem strahlenden Weiß seiner Zähne.

»Ich brauche keinen Klappkleiderständer«, erwiderte der kleine Prinz.

»Komm schon, du willst einem alten Werber doch nichts über Reklame erzählen. In ein paar Wochen wird niemand, ich sage dir, niemand mehr ohne Klappkleiderständer aus dem Haus gehen, das kannst du mir glauben. Ich weiß, ich weiß, im Moment ist die Nachfrage eher mau. Aber die Fachleute sind einhellig der Meinung, daß der Klappkleiderständer eine Investition für die Zukunft ist.«

»Wer kauft einen Klappkleiderständer, wenn er keine Kleider hat, um sie daran aufzuhängen?« gab der kleine Prinz zu bedenken.

»Das ist völlig unwichtig. Die Leute kaufen nicht, was sie brauchen, sondern das, wovon sie glauben, daß sie es brauchen. Meine Aufgabe ist es, sie davon zu überzeugen, daß sie keinesfalls auf einen Klappkleiderständer verzichten können. Sie werden uns

noch die Bude einrennen, um einen Klappkleiderständer zu ergattern.«

»Ich interessiere mich mehr für Tiger«, sagte der kleine Prinz.

»Für Tiger?«

Der Werber kratzte sich am Kopf.

»Ich glaube, ich habe in meiner gesamten Laufbahn noch nie Werbung für Tiger gemacht. Für Schals mit eingebauter Heizung, für Bügelbretter auf Rollen ja, aber für Tiger noch nie. Das ist ein vollkommen neues Feld, eine Marktlücke!«

Er seufzte.

»Und da liegt das Problem. Das geeignete Produkt zu finden, ist nämlich viel schwerer, als man sich vorstellt. Die Artikel, die die Leute nicht haben wollen, weil sie nicht wissen, daß sie sie brauchen, machen genug Arbeit. Wie soll man sich da auch noch um die kümmern, die sie haben wollen? Tut mir leid, Kleiner, ich kann dir nicht helfen. Tiger sind leider aus. Ich habe keinen im Angebot.«

»Ich will keinen Tiger kaufen«, berichtigte der kleine Prinz. »Ich habe einen und will ihn loswerden.«

Da strahlte der Werber über das ganze Gesicht.

»Aha! Das ändert natürlich alles! Jetzt brauchen wir nur noch eine Kampagne, die den Leuten klarmacht, daß Tiger der letzte Schrei sind. Ich sehe den grandiosen Werbefeldzug schon vor mir, weltweit, was sage ich, intergalaktisch, mit einem Riesenaufgebot an Stars in sämtlichen Medien, mit Zeitungsanzeigen, Fernsehsendungen und Reklameschildern an den wichtigsten interstellaren Flugbahnen. Ich garantiere dir: In Bälde wird jeder davon überzeugt sein, daß das Leben ohne Tiger nicht lebenswert ist. Tiger werden sich verkaufen wie warme Semmeln, man wird sie sich aus den Händen reißen!«

»Ich habe aber gar nicht so viele Tiger zu verkaufen«, wandte der kleine Prinz ein. »Es gibt nur einen auf meinem Planeten.«

»Ach so«, sagte der Werber. »Na, macht nichts, zerbrich dir darüber nicht den Kopf, wir finden schon welche. Wir schicken überall Expeditionen los mit dem Auftrag, Tiger zu fangen, Tiger, Tiger, nichts als Tiger. Du wirst sehen: In einem Jahr bist du für die ganze Welt nur noch ›Der König der Tiger‹.«

Der Werber hatte sich in einen wahren Rausch hineingesteigert. Plötzlich kam er wieder zu sich und wurde nachdenklich.

»Wofür ist ein Tiger eigentlich gut?« fragte er.

Nun seufzte der kleine Prinz.

»Für nichts. Er frißt Schafe, und den Rest des Tages verschläft er.«

»Ist nicht so schlimm«, sagte der Werber. »Unnütze Dinge lassen sich leichter verkaufen. Staubfänger horten die Leute am liebsten. Die kaufen sie massenweise, bloß um damit anzugeben oder ihre Nachbarn zu ärgern.«

»Aber warum sollten sie sich einen Tiger aufhalsen?« fragte der kleine Prinz. »Wo bringen sie ihn denn unter?«

»Mußt du alles so kompliziert machen? Ein Tiger

braucht so wenig Platz. Man packt ihn irgendwo hin, in den Tank, in die Müslischachtel, was weiß ich. Aber ... was rede ich da eigentlich? Das ist doch völlig verrückt! Warte, ich muß erst darüber nachdenken.«

Der Werber versank in tiefe Grübelei.

Als der kleine Prinz merkte, daß er ihn nicht mehr wahrnahm, machte er sich wieder auf die Reise. Er hätte nie gedacht, daß es so schwierig wäre, einen Tiger loszuwerden.

Über Kometen und Meteore führte der Zufall den kleinen Prinzen zu einem dritten Planeten, auf dem Unmengen von Papier herumlagen und ein infernalisches Getöse herrschte: Räderwerke ratterten, Metallzähne knirschten, Mechanismen griffen scheppernd ineinander. Der kleine Prinz ließ das Schaf aus der Kiste, damit es sich ein wenig die Hufe vertrat, und versuchte herauszufinden, woher der Lärm kam. Bald entdeckte er eine Maschine, die so groß war, daß jeder Affenbrotbaum vor Neid grün geworden wäre. Auf einer Seite spuckte sie ununterbrochen Blätter aus, auf der anderen befand sich ein Bildschirm. Davor saß ein dicker Mann in einem weißen Kittel an einem Schreibtisch.

Der kleine Prinz trat neugierig näher.

»Guten Tag«, sagte er. »Was machst du da?«

»Ich stelle Berechnungen an«, antwortete der Mann, ohne den Blick zu heben.

Seine Finger flogen über die elfenbeinfarbenen kleinen Höcker der Tastatur, und die Buchstaben und Ziffern wurden auf der fluoreszierenden Oberfläche des Bildschirms zu kabbalistischen Formeln, die sich wie Raupen über die Zeilen wanden, bis die Maschine, grunzend vor informatischer Befriedigung, sie gierig verschluckte.

»Was berechnest du?« wollte der kleine Prinz wissen.

»Eine ganze Menge«, sagte der Mann. »Zum Beispiel, ob Eskimos im Sommer mehr Eis essen als im Winter, oder ob die Frösche im letzten Frühjahr lauter gequakt haben als vor zehn Jahren.«

Der kleine Prinz begann zu lachen.

»Komische Idee. Und warum tust du das?«

»Weil ich Statistiker bin. Das ist mein Beruf.«

»Komischer Beruf. Was hat man davon, wenn man weiß, ob die Frösche heute lauter quaken als vor zehn Jahren?«

»Die Tatsachen sind nicht so wichtig. Das Wesentliche sind die Schlüsse, die man daraus zieht.«

»Das verstehe ich nicht.«

»Aus dem Quaken der Frösche lassen sich alle möglichen Vorhersagen ableiten«, erklärte der Statistiker. »Die Leute könnten vielleicht wegen des Lärms schlechter schlafen. Also wären sie tagsüber müde und würden weniger arbeiten. Darunter litte die Produktion, was eine Verringerung des Nationaleinkommens nach sich zöge. Wenn man dagegen nicht frühzeitig etwas unternimmt, ist das Land bald bankrott. Oder aber die Leute kaufen mehr Wachsstöpsel für die Ohren, um besser zu schlafen. Dann würde dank der stärkeren Nachfrage die Bienenzucht angekurbelt, um genügend Wachs für die Ohrenstöpsel zu produzieren. Zuviele Bienen könnten aber den Flugverkehr behindern, und das hätte schwere Beeinträchtigungen nicht nur des internationalen Tourismus, sondern auch des Welthandels zur Folge.«

Der kleine Prinz machte vor Erstaunen große Augen. Wer hätte gedacht, daß harmloses Quaken so dramatische Auswirkungen haben könnte!

Glücklich darüber, daß er einen so aufmerksamen Zuhörer gefunden hatte, fuhr der Statistiker in seinen Erläuterungen fort, während er das Monster unermüdlich mit Kathodenfutter mästete.

»Zählen, Messen, Vergleichen fasziniert die Menschen. Sie wollen wissen, ob die Radieschen bei ihnen besser wachsen als bei ihren Nachbarn und ob man dort die Haare länger oder kürzer trägt. Das läßt sich statistisch ermitteln. Dank der Statistik können wir Probleme im Vorfeld erkennen und unverzüglich Maßnahmen zu ihrer Behebung treffen.«

Ein Lächeln breitete sich auf dem Gesicht des kleinen Prinzen aus.

»Heißt das, wenn ich ein Problem habe, kannst du mir helfen, es zu lösen?«

»Mit Statistiken kann man alles ausdrücken und alles lösen«, erwiderte der Statistiker würdevoll und strich sich stolz den Bauch. »Was für ein Problem hast du denn?«

»Ich habe einen Tiger. Er ist ein bißchen lästig, und ich wäre ihn gerne los.«

Der Statistiker verschränkte seine Finger ineinander.

»Einen Tiger?« fragte er. »Nur einen? Das ist zu wenig. Es müssen mehr sein.«

»Ich habe aber nur einen, und der ist schon zuviel«, sagte der kleine Prinz. »Ich werde mir jedenfalls keinen zweiten anschaffen, nur um dir eine Freude zu machen.«

»Hm, klar«, brummte der Statistiker. »Und diesen Tiger, hast du den schon länger?«

»Nein, nicht so lange.«

»Aha! Daraus läßt sich schließen, daß die Tigerpopulation in weniger als einem Jahr um hundert Prozent zugenommen hat. Wieviele Einwohner leben auf deinem Planeten?«

»Zählen Rosen und Schafe auch mit?«

Der Statistiker schüttelte den Kopf.

»Dann nur einen. Außer mir gab es dort noch nie jemanden.«

»Mhm. Das ist nicht sehr beruhigend. Die Gesamtpopulation stagniert bei einem Verhältnis von einem Tiger pro Einwohner. Statistisch betrachtet, läßt sich also folgende Prognose treffen« – der Statistiker blickte selbstgefällig in die Runde und zog an den Aufschlägen seines Arbeitsmantels, als wären es Hosenträger –: »Wenn es in diesem Rhythmus weitergeht, wird es auf dem Planeten in zehn Jahren 1024 Tiger pro Einwohner geben. Meines Erachtens wäre es das Vernünftigste, ihn unverzüglich zu verlassen.«

»Meinen Planeten verlassen? Umziehen? Kommt überhaupt nicht in Frage!« protestierte der kleine Prinz. »Ich fühle mich dort sehr wohl, und die Sonnenuntergänge sind wunderschön. Außerdem glaube ich nicht, daß meine Rose erfreut darüber wäre. Sie hängt an diesem Planeten, wahrscheinlich, weil sie dort ihre Wurzeln hat.«

»In diesem Fall«, meinte der Statistiker, »sehe ich keine andere Lösung, als das Wachstum der Tigerpopulation einzudämmen, bevor es zu spät ist.«

»Das ist eine gute Idee!« sagte der kleine Prinz. »Und wie soll ich das machen?«

Nachdenklich kratzte sich der Statistiker an seiner langen Nase.

»Ohne ernsthaften Grund werden die Tiger nicht aufhören, sich zu vermehren. Vielleicht, wenn man ihnen Angst einjagt ...«

»Tiger haben vor nichts Angst«, warf der kleine Prinz niedergeschlagen ein.

»Falsch«, widersprach der Statistiker. »Wenn mein Gedächtnis mich nicht trügt, hat bei der letzten Erhebung mehr als ein Tiger angegeben, Angst vor Jägern zu haben.«

Der kleine Prinz schöpfte wieder Hoffnung.

»Weißt du, wo ich einen Tigerjäger finden kann?«

»Nein, aber das läßt sich leicht eruieren. Man entwickelt einen Fragebogen, der die Leute nach ihrem Beruf fragt, und beauftragt Meinungsforscher, die Antworten zu sammeln und auszuwerten. Dann braucht man nur noch diejenigen zu ermitteln, die als

Beruf ›Tigerjäger‹ angegeben haben, den Planeten festzustellen, auf dem sie wohnen, und die Ergebnisse in die Maschine einzuspeisen, die daraus die mittlere Population der Tigerjäger auf jedem einzelnen Planeten berechnet. So kann man dann herausfinden, wo die Wahrscheinlichkeit, einen Tigerjäger zu treffen, am größten ist.«

»Und wie lange dauert das?«

»Wenn man gleich damit anfängt, nicht mehr als zehn Jahre ungefähr.«

»Zehn Jahre! Aber ich brauche jetzt einen Tigerjäger, nicht erst in zehn Jahren!«

»Das ist die Tragödie des Statistikers. Die Vorbereitungen erfordern soviel Zeit, daß die Resultate veraltet sind, bevor man sie hat.«

In diesem Augenblick entrang sich der Maschine, die seit einiger Zeit darben mußte, ein Röcheln, der Lärm erstarb, und mit einem Seufzer der Enttäuschung kam der ganze Mechanismus zum Stillstand. Die plötzliche Stille war ohrenbetäubend. Panik befiel den dicken Mann. Er bemühte sich, die Maschine wieder in Gang zu setzen, indem er mit größerem Eifer als zuvor die Tastatur zum Klappern brachte, emsig wie eine Ameise, deren Bau zerstört wurde. Besessen von dieser lebenswichtigen Aufgabe, kümmerte er sich nicht weiter um den kleinen Prinzen.

Der überließ ihn seinen Berechnungen und machte sich auf die Suche nach dem Schaf. Auf diesem von Unmengen Papier bedeckten Planeten verschmolz das Schaf vollkommen mit der Landschaft. Nach langem,

geduldigem Stöbern hatte er es endlich entdeckt. Es kaute hingebungsvoll an den weißen Blättern, die hier reichlich wuchsen, aber nach nichts schmeckten, ohne zu bedenken, daß es durch seine Gefräßigkeit womöglich wissenschaftliche Analysen in Gefahr brachte und der Statistiker am Ende Frösche mit Eskimos verwechselte. Der kleine Prinz steckte das Schaf schnell in seine Kiste und setzte seine Reise fort.

Sein Problem war zwar noch nicht gelöst, aber immerhin hatte er etwas Neues erfahren: Um den Tiger loszuwerden, brauchte er einen Jäger. Die größte Schwierigkeit dabei war, daß er nicht den leisesten Hinweis darauf hatte, wie ein Jäger aussah, geschweige denn ein Tigerjäger.

Vielleicht würde ihm auf dem nächsten Planeten ein Licht aufgehen.

Dort fand er einen Mann vor, der mit versteinerter Miene kerzengerade an seinem Schreibtisch saß. Vor ihm erhoben sich vier beeindruckende Papiersäulen, die mit »Eilig«, »Sehr eilig«, »Brandeilig« und »Hat Zeit« gekennzeichnet waren. Die letzte Säule überragte die drei anderen bei weitem und drohte jeden Moment zusammenzustürzen. Als der kleine Prinz eintraf, griff der Mann gerade nach einem Bündel vom ersten Stapel, um es auf den zweiten zu legen, dann beförderte er eines vom zweiten auf den dritten, und schließlich schichtete er noch eines vom dritten auf den vierten Stapel um.

Verwundert näherte sich der kleine Prinz.

»Guten Tag«, sagte er höflich.

»Guten Tag«, erwiderte der Mann, ohne den Kopf zu heben.

»Bist du ein Tigerjäger?«

»Unglücklicher!« rief der Mann. »Hüte deine Zunge! Es heißt nicht ›Tigerjäger‹, sondern ›tigerjagende Person‹. Die Jägerinnen sind da sehr empfindsam. Aber um deine Neugier zu befriedigen: Nein, ich jage keine Tiger. Ich bin Verwalter.«

Der Verwalter widmete sich von neuem seiner seltsamen Beschäftigung mit den vor ihm aufgetürmten Dokumenten. Der kleine Prinz wartete geduldig, bis er fertig wäre, doch dann gewann seine natürliche Neugier die Oberhand.

»Was ist ein Verwalter?« fragte er.

»Ein Verwalter? Also ... ähm ... Na gut, ein Verwalter ... hm ... ein Verwalter ist eine Person, die ... ähm ... verwaltet. Jawohl.«

»Das verstehe ich nicht.«

Der Mann runzelte die Stirn, trommelte mit einem Bleistift auf seinen Schreibtisch und räusperte sich.

»Ich gebe dir ein Beispiel. Stell dir vor, du suchst eine Person, die Personen pflegt, deren Gesundheit beeinträchtigt ist ...«

»Kranke, meinst du?«

»Oje, oje, oje! Wenn dich jemand hören könnte! Weißt du denn überhaupt nichts? Heutzutage ist niemand mehr krank, nur die Gesundheit ist manchmal beeinträchtigt. Und unterbrich mich nicht dauernd!«

»Verzeihung.«

»Gut. Wo war ich stehengeblieben? Ach ja. Also, stell dir vor, du hast nicht die Zeit, dich damit zu beschäftigen. Dann könntest du diese Aufgabe einem Verwalter übertragen, damit er sie an deiner Stelle übernimmt.«

Der kleine Prinz freute sich, daß er ausgerechnet auf diesem Planeten abgestiegen war. Was für ein Glück, er hatte einen Verwalter gefunden! Bald würden all seine Kümmernisse der Vergangenheit angehören.

»Heißt das«, vergewisserte er sich, »ich bräuchte dich nur zu fragen, und du zeigst mir, wo ich einen Tiger ..., äh, eine tigerjagende Person finden kann?«

Der Mann hüstelte.

»Ähm ... naja ... So einfach ist das auch wieder nicht. Da wären noch bestimmte Formalitäten zu berücksichtigen.«

»Ja?«

»Ja. Zuerst mußt du das Formular AZ270350b in drei Ausfertigungen ausfüllen und ein Exemplar bei der Geschäftsführung einreichen, das zweite bei der Rechtsabteilung und das dritte bei der Bewilligungsabteilung, die prüft, ob dein Antrag zugelassen wird. Sofern dein Ansuchen positiv beschieden wird, geht der Antrag an die Verwaltung, die für die Festlegung der Prioritäten zuständig ist. Wenn das erledigt ist, wird der Vorgang dem Bürovorsteher übergeben, und der muß dann nur noch einen geeigneten Verwalter damit beauftragen.«

»Dauert das lange?«

»Selten mehr als drei Monate, vielleicht sogar weniger.«

»Es ist nur ... ich habe es ziemlich eilig«, sagte der kleine Prinz. »Ich brauche die Antwort gleich. Du bist doch selbst Verwalter – könntest du mir nicht helfen?«

»Also ... ähm ... das wäre gegen die Vorschrift. Tigerjagende Personen gehören nicht zu meinem Zuständigkeitsbereich. Außerdem gibt es ein bestimmtes Procedere, einen Instanzenweg, der eingehalten werden muß. Wenn alle tun würden, was ihnen gerade einfällt, hätten wir hier bald die Anarchie. Das ganze Universum würde im Chaos versinken, und außerdem ist meine Zeit bemessen. Ich bin sehr beschäftigt. Siehst du nicht, wieviel Arbeit noch auf mich wartet?«

Hektisch griff der Verwalter nach einem Aktenstoß, um ihn woanders hinzulegen. Dann beugte er sich nach unten, hob ein auf dem Boden liegendes Heft auf, das mit vielen roten Schildchen beklebt war, und fügte es dem Stapel mit der Aufschrift »Eilig« hinzu.

»Warum tust du das?« erkundigte sich der kleine Prinz.

»Ein fähiger Verwalter muß gut organisieren können, wenn er nicht unter seinen Aufgaben zusammenbrechen will. In diesem Beruf ist eine gute Planung das Geheimnis des Erfolgs. Leider beansprucht die Organisation meine ganze Zeit. Es bleibt nicht genug übrig für die eiligen Angelegenheiten. Deshalb werden sie immer eiliger, bis alle Fristen abgelaufen sind.

Dann sind sie überhaupt nicht mehr eilig. Aber keine Angst, es kommen ständig neue. Übrigens, nimm mir meine Neugier bitte nicht übel, aber was hast du in dieser Kiste?«

»Ein Schaf«, sagte der kleine Prinz.

Der Verwalter schrie entsetzt auf.

»Diese Pest! Diese Brut! Dieses unter allen Arten verdammte Geschlecht! Weißt du denn nicht, daß selbst erfahrene Verwalter vom bloßen Anblick eines Schafs in eine Art Trance versetzt werden, eine Zählmanie, die in dumpfe Lethargie mündet, aus der nur wenige wieder erwachen? Einstmals blühende Unternehmen sind innerhalb eines einzigen Tages zusammengebrochen, weil die Verwalter in völliger Selbstüberschätzung dachten, sie könnten dem verderblichen Einfluß dieser vermaledeiten Bestien widerstehen. Man fand sie an ihrem Schreibtisch, völlig leer, ihr Geist war erloschen wie eine Kerze, der man die Flamme ausgepustet hat, unverständliches Gebrabbel von sich gebend. Geh weg von hier! Fort, fort, bevor es mich packt!«

Der kleine Prinz gehorchte, verwundert, was für ein furchterregender Abgrund sich hinter der Sanftmut eines so harmlosen Tiers auftun sollte – aber ihm fehlte eben die Weisheit eines Verwalters.

Hier unterbrach der kleine Prinz noch einmal seinen Bericht.

Daß ein so kleiner Kerl über eine solche Vorstellungskraft verfügte, wollte mir nicht in den Kopf.

Vielleicht, lieber Herr von Saint-Exupéry, war das der Grund dafür, daß ich allmählich das Gefühl hatte, er könnte die Wahrheit sagen, obwohl es jedweder Logik Hohn sprach.

Der Tag neigte sich dem Ende zu. Um meinen jungen Gefährten zu zerstreuen, schlug ich vor, den Sonnenuntergang zu betrachten. Das Atoll war so winzig, daß man zusehen konnte, wie das Gestirn, nachdem es strahlend auf einer Seite dem Ozean entstiegen war, am Ende seines glanzvollen Laufs von Ost nach West auf der anderen Seite glühend darin verlosch.

»Das erinnert mich an zu Hause«, sagte der kleine Prinz. »Nur daß man auf meinem Planeten nicht so lange warten muß, bis die Sonne untergeht.«

Bei dieser Erinnerung wurde er ganz schwermütig. Vermutlich dachte er an seine Rose und an die Gefahren, denen sie ausgesetzt war: an den Tiger, dessen Zähnen und Klauen ihre zarten Stacheln nicht gewachsen waren, und an die Affenbrotbäume, die in ihrer gewohnten Dreistigkeit die Gelegenheit zu ungehemmtem Wachstum schamlos nutzen und der Rose die nährenden Himmelsstrahlen streitig machen würden.

Die Sonne ließ sich theatralisch in die Fluten sinken und geizte dabei nicht mit ihren Reizen, damit das Publikum ihr beim Abgang auch die gebührende Bewunderung zollte. Die schaumgekrönten Wellen gürteten sich mit Ambra und Purpur, und am Horizont lieferten sich Azur und Karmesin eine letzte Schlacht, bevor das Leichentuch der Nacht ihre lodernde Zwietracht erstickte. Tausende von Sternen durchstachen wie funkelnde Geschmeide den dunkelsamtenen Baldachin, der über uns schwebte, und in der Ferne leuchtete still der Diamantenfluß der Milchstraße.

»Und welcher ist dein Stern?« fragte ich, in der Hoffnung, er würde den Arm heben und in eine Richtung, auf einen bestimmten Punkt zeigen.

Doch er dachte gar nicht daran.

»Was bedeutet das schon? Wenn man fern der Heimat ist, hat man sie hier«, sinnierte er und legte seine Hand auf die Brust, wo das Herz schlägt.

Schweigend stimmte ich ihm zu. So sehr ich meine Reise trotz allen Widrigkeiten genoß, so sehr hätte ich mich auch gefreut, meinen Sessel wiederzusehen, mein Fleckchen Rasen, mein Stückchen grauen Himmels.

»Weißt du«, fiel ihm plötzlich ein, »ich habe einmal jemanden kennengelernt, der so ähnlich war wie du. Er ist auch von seinem Weg abgekommen, und am Abend haben wir gemeinsam die Sterne bewundert, wie wir jetzt. Sie waren seine besten Freunde in der Einsamkeit der Wüste.«

Unvermittelt fragte er mich, ob ich von Ihnen Neuigkeiten hätte, lieber Herr von Saint-Exupéry, denn natürlich waren Sie es, von dem er sprach. Ich bedauerte, daß ich nichts von Ihnen wußte, und er wunderte sich, daß ich Sie nicht kannte. Ich erklärte ihm, daß die Erde sehr groß sei und von Menschen nur so wimmelte, daß es mehr als ein Leben bräuchte, sie alle kennenzulernen, und daß es vermessen wäre, etwas anderes zu behaupten.

Um seine düstere Stimmung aufzuhellen, fragte ich ihn, ob er noch weitere Planeten gesehen habe, bevor er auf unserem gelandet sei.

»Ja, zwei«, antwortete er. »Und auf dem ersten habe ich eine Rose entdeckt.«

Es war ein mittlerer Asteroid, umfangreicher als sein eigener, wenn auch nicht so groß, daß man ihn nicht zu Fuß hätte umrunden können. Eine zweifarbige Linie trennte ihn in zwei Hälften. Auf dieser Linie wuchs die Rose.

Der kleine Prinz war kaum gelandet, als ein von Kopf bis Fuß grün angezogener Mann ihn anhielt.

»Halt! Grün oder Rot?« bellte er und richtete ein metallenes Rohr auf ihn.

»Grün«, sagte der kleine Prinz sofort, weil er dachte, der andere meinte seinen eigenen Aufzug.

Ein Lächeln entspannte dessen Gesicht. Er ließ sein Rohr sinken.

»Tut mir leid, Kamerad. Du mußt schon entschuldigen, aber Vorsicht ist die Mutter der Porzellankiste. Deine Verkleidung hat mich getäuscht.«

Der kleine Prinz sah an sich herab. Er trug das Gewand und den Mantel, die er oft anhatte, wenn er auf Reisen ging.

Da entdeckte der Grünrock die Kiste, und sein Blick wurde hart.

»Was versteckst du da drin?« wollte er wissen.

»Ein Schaf.«

Das Rohr des Grünrocks hob sich merklich.

»Aha. Farbe?«

Der kleine Prinz lachte hellauf.

»Weiß natürlich! Was denkst du denn?«

»Haha, bin ich blöde!« lachte der Grünrock gezwungen. »Das ist gut!«

»Und du«, fragte der kleine Prinz und deutete auf das Rohr, das der merkwürdige Geselle in der Hand hielt, »was hast du da?«

»Ein Jagdgewehr, ist doch klar.«

Der kleine Prinz war begeistert. Ein Jäger, endlich!

»Jagst du auch Tiger?«

»Tiger?« wunderte sich der Grünrock. »Nein. Mir reichen die Roten.«

Enttäuscht sank der kleine Prinz in sich zusammen. Würde er denn niemals finden, was er suchte?

»Gehn wir«, sagte der Grünrock. »Ich muß an der Grenze Wache schieben.«

Sie gingen eine Weile schweigend an der rotgrünen Linie entlang. Dann sahen sie die Rose.

Es war eine sehr junge Rose, die sich noch scheu und verschämt in ihre Knospe hüllte. Der Grünrock warf ihr einen mißtrauischen Blick zu.

»Was meinst du, Kamerad? Rot oder grün?«

»Ich habe noch nie grüne Rosen gesehen«, gab der kleine Prinz zu. »Gelbe schon. Oder weiße. Aber grüne noch nie.«

»Tja«, sagte der Grünrock, »Pech für sie«, und zertrat sie wutentbrannt mit seinem großen grünen Stiefel.

Mit einem Ausruf des Schreckens ließ der kleine

Prinz sich auf die Knie fallen, um ihr zu helfen, doch vergebens. Ihr Stengel war durch die Tritte an mehreren Stellen gebrochen. Nie mehr würden ihre samtigen Lippen den Morgentau schlürfen, nie mehr würde sie sich der Liebkosung der Sonne öffnen.

»Wie konntest du so etwas Schreckliches tun?« fragte er mit bebender Stimme.

»Sie konnte nicht grün sein, hast du selber gesagt. Und wer nicht grün ist, gehört zu den Roten«, erwiderte der Grünrock ungerührt.

»Was für eine Dummheit!«

»Willst du damit vielleicht behaupten, daß es etwas Wichtigeres gibt als die Farbe?« erkundigte sich der Grünrock mißtrauisch.

»Aber ja!« rief der kleine Prinz. »Zärtlichkeit und Freundschaft zum Beispiel.«

Die Augenbrauen des Grünrocks senkten sich und pflügten tiefe Furchen in seine Stirn. Sein Gewehr richtete sich halb auf.

»Für einen Grünen schwingst du hier ziemlich subversive Reden, Freundchen«, sagte er. »Steckst du vielleicht mit dem Feind unter einer Decke?«

»Von wem sprichst du?«

»Von den Roten natürlich.«

»Warum bist du so böse auf sie? Was haben sie dir denn getan?«

»Nichts. Sie sind rot, ich bin grün, das liegt in unserer Natur. Die Grünen sehen rot, wenn sie Rote sehen, und die Roten sind uns auch nicht grün. Alles ist klar abgegrenzt durch diese Linie und säuberlich

getrennt. Nur du stiftest Verwirrung, Kamerad. Ich glaube, es ist besser für dich, wenn du verschwindest, bevor du dir Ärger einhandelst.«

Der kleine Prinz hätte ihn gern davon überzeugt, daß er im Unrecht war. Doch er mußte einsehen, daß das Herz mit all seiner Großmut und Tapferkeit nichts gegen verstockte Köpfe ausrichten kann, die Waffen brauchen, um ihre Ziele zu erreichen. Enttäuscht verließ er den Planeten.

Der kleine Prinz war von diesem Erlebnis ziemlich mitgenommen. Sicher, er hatte schon die Dummheit kennengelernt und die Bosheit, denn es gibt keine Vollkommenheit auf dieser schnöden Welt, aber noch nie war er einem so abgrundtiefen, alle Fasern der Seele durchdringenden Haß begegnet.

Jedem, der den Haß noch nicht erfahren hat, wäre es sicher ebenso ergangen, nicht wahr, Herr von Saint-Exupéry?

Nach diesem Schrecken und den vielen Enttäuschungen sehnte sich der kleine Prinz nach einem freundlicheren Ort, an dem er sich ein wenig ausruhen und wieder zu Kräften kommen könnte.

Er fand einen Planeten mit einem blumendurchwirkten grünen Teppich. Vogelchöre wetteiferten fröhlich in den Wipfeln hoher Bäume, und Bäche huschten glucksend über glatte Kiesel.

Der kleine Prinz streckte sich im Gras aus und schlief vor lauter Erschöpfung auf der Stelle ein.

Ein Kitzeln an der Wange weckte ihn aus seinem

Schlummer. Als er die Augen aufschlug, blickte er ins Gesicht eines Mädchens.

»Guten Tag«, sagte das Mädchen.

»Guten Tag«, sagte der kleine Prinz und richtete sich auf.

»Ich wollte dich nicht wecken«, sagte das Mädchen. »Du hast so tief geschlafen. Ich habe gewartet und dachte: Da ist ein kleiner Junge, den ich noch nie gesehen habe. Wer ist das? Dann habe ich es vor Neugier nicht mehr ausgehalten und deine Wange berührt. Davon bist du aufgewacht. Woher kommst du?«

Der kleine Prinz hob den Arm und zeigte in den Himmel.

»Von dort«, sagte er »Von weither.«

»Sieht dein Planet so aus wie meiner?«

»O nein! Auf meinem Planeten gibt es nur eine Blume, aber dafür drei Vulkane und einen Tiger.«

Das Mädchen machte große Augen und schlug die Hand vor den Mund.

»Einen Tiger!« rief sie. »Das ist ja schrecklich! Du mußt sehr mutig sein, wenn du es mit ihm aushältst!«

Der kleine Prinz errötete. Wenn er so mutig gewesen wäre, es mit dem Untier aufzunehmen, wäre er dort geblieben. Er schämte sich für seine Feigheit, obwohl ihn ja eigentlich die Rose fortgeschickt hatte.

»Nein«, gab er freimütig zu, »ich bin nicht sehr mutig. Ich hatte Angst, daß der Tiger mein Schaf frißt. Deshalb bin ich weggegangen. Ich suche einen Jäger, der mir hilft, ihn loszuwerden.«

»Auf diesem Planeten wirst du keinen finden. Hier

bin nur ich ... war nur ich«, sagte das Mädchen und errötete. »Aber jetzt bist ja du da.«

Der kleine Prinz stand auf und klopfte seinen Umhang ab. Der Tag hätte nicht schöner sein können.

»Warum läßt du dein Schaf nicht heraus, damit es sich ein bißchen austobt?« schlug das Mädchen vor. »Wir gehen inzwischen spazieren und unterhalten uns.«

Kaum hatte der kleine Prinz das Schaf aus seiner Kiste befreit, widmete es sich der Aufgabe, das Gras auf eine vernünftige Höhe zu stutzen. Das Mädchen rannte in die Wiese hinein und der kleine Prinz hinterher.

Sie liefen bis zu einem Bach, der sich zwischen Margeriten und Butterblumen hindurchschlängelte, und gingen an seiner Böschung entlang, entzückt vom immer neuen Spiel des Wassers, das schäumend von einer Kaskade zur nächsten wirbelte. Irgendwann nahm das Mädchen unbefangen die Hand des kleinen Prinzen, als gäbe es nichts Natürlicheres auf der Welt. Er traute sich nicht, sie zurückzuziehen, obwohl die Berührung ihn störte, aber das Gefühl war nicht unangenehm. Diese zwiespältigen Empfindungen verwirrten ihn mehr, als er sich eingestehen mochte.

So schlenderten sie eine Weile lang dahin. Das Mädchen machte ihn auf die Stille und Schönheit der Landschaft aufmerksam und wies ihn im Vorbeigehen immer wieder auf eine besonders schöne Blume hin oder auf einen Baum, der mit seinem stattlichen Wuchs die anderen überragte. Und er mußte zugeben, daß dieser Planet ziemlich gut gelungen war. Besser als seiner jedenfalls, der schließlich nur mit drei Vulkanen (von denen einer erloschen war), einem Tiger und einer Rose aufwarten konnte. Seine Gedanken schweiften ab, und er dachte an seine Rose, die mit ihren drei Dornen den messerscharfen Krallen des Tigers standhalten wollte.

»Ich muß fort!« sagte er, und in seiner Stimme schwang leise Trauer mit.

»Warum?« fragte das Mädchen. »Gefällt es dir nicht bei mir?«

Der kleine Prinz ließ den Kopf sinken.

»Doch, schon«, antwortete er. »Aber meine Blume!«

»Ich sehe rund um uns Blumen. Reichen sie dir nicht?«

»Das ist etwas anderes. Keine Blume ist so wie meine. Sie ist hochmütig und tollkühn, manchmal auch ziemlich eitel, aber gerade ihre Fehler machen sie für mich zu etwas ganz Besonderem. Außerdem fühlt sie sich sicher ganz verloren so allein, auch wenn sie das niemals zugeben würde.«

»Ich werde auch allein sein, wenn du weg bist, und ich werde mich langweilen.«

»Du brauchst aber niemanden, der dich beschützt. Meine Rose schon. Ich bin für sie verantwortlich.«

Das Mädchen wandte den Blick ab.

»Sie weiß gar nicht, wie glücklich sie ist. Kannst du wirklich nicht länger bleiben?«

Der kleine Prinz schüttelte den Kopf.

»Ich habe mich schon zu lange aufgehalten. Ich muß doch noch einen Tigerjäger finden.«

»Dann wünsche ich dir viel Glück«, sagte das Mädchen. »Paß auf dich auf. Du wirst mir fehlen. Und komm mich wieder besuchen, wenn deine Rose in Sicherheit ist.«

Der kleine Prinz versprach es ihr.

Er fing sein Schaf wieder ein, das sich von den vielen wohlschmeckenden Blumen hierhin und dorthin hatte locken lassen, steckte es in seine Kiste und machte sich wieder auf die Reise, nachdem er sich zum letzten Mal von seiner Gastgeberin verabschiedet hatte.

Von keinem der Planeten, auf die es ihn bisher verschlagen hatte, war ihm der Aufbruch so schwer gefallen.

In der kurzen Zeitspanne, in der er sich mit dem Mädchen angefreundet hatte, waren viele alte Erinnerungen in ihm aufgestiegen. Er hatte an den Fuchs denken müssen, den er einmal gezähmt hatte, um ihn zu seinem Freund zu machen, und dabei war ihm wieder eingefallen, was dieser ihm über die Jäger erzählt hatte, die auf ihrer Suche nach Beute unermüdlich mit Gewehren bewaffnet über die Erde streiften. Warum war er bloß nicht früher darauf gekommen?

Am ersten Meteoriten zweigte er zu unserem Planeten ab.

Vom All aus betrachtet, sah die Erde in ihrem saphirfarbenen Kleid mit ihrer Spitzenstola aus Wolken immer noch sehr majestätisch aus. Tausende blinkende Lichter verliehen ihr den festlich-fröhlichen Glanz, den der kleine Prinz einmal bewundert hatte. Und doch – muß ich es noch ausdrücklich erwähnen, lieber Herr von Saint-Exupéry? – hatte sich die Erde in der Zwischenzeit sehr verändert.

Die Laternenanzünder waren verschwunden und durch kleine Knöpfe ersetzt worden. Den Königen war es nicht viel besser ergangen. Ihre Anzahl hatte sich bedenklich verringert, es gab, zur schlecht verhehlten Freude von Präsidenten und Diktatoren, kaum noch eine Handvoll.

Dagegen hatten die Geschäftsleute sich so vermehrt, daß der kleine Prinz sich fragte, ob es am Firmament wohl genug Sterne für alle gäbe. Auch die Eitlen hatten allem Anschein nach Geschäftssinn entwickelt! Die Trinker tranken bloß immer mehr, aber da sie doppelt sahen, dachten sie, sie wären viel mehr. Diese Flaschenvermehrung hatte etwas Wunderbares.

Nur die siebentausend Geographen waren sich gleich geblieben. Aber wie hätte das auch anders sein sollen bei einer Wissenschaft, die so wenig mit dem Vergänglichen zu schaffen hat?

Diesmal landete der kleine Prinz nicht in der Wüste, sondern in einem dichten, dunklen Wald mit riesigen Bäumen, in deren Wipfeln sich die Wolken verfingen, wenn sie zu neugierig waren und aus Versehen zu tief flogen.

Langsam bahnte er sich seinen Weg zwischen den Riesen im Rindenkleid, die sich fröstelnd in moosige Schals hüllten. Der Wald war erfüllt von tausenderlei

Geräuschen, es zirpte, schnatterte, zwitscherte und knurrte. Hier wohnten viele Tiere, das konnte man hören. Aber so sehr der kleine Prinz sich auch mühte, in diesem Gewirr von Lianen und Tüpfelfarnen, zwischen Schachtelhalmen und Farnwedeln wenigstens einen Schatten zu erspähen – es schien, als wären sie alle vom Erdboden verschluckt. Ob sie sich, vom Knacken der Zweige unter seinen leichten Schritten gewarnt, bei seiner Ankunft versteckt hatten? Aber er mußte doch jemanden finden, der ihm Auskunft gab! Es war zum Verzweifeln.

Er war kurz davor aufzugeben, da entdeckte er an einer Bachbiegung eine Boa. Sie war gar nicht zu übersehen, obwohl sie auf dem Bauch lag, denn ihre Leibesmitte war von einer allzu üppigen Mahlzeit so aufgeschwollen, als hätte sie einen Elefanten verschluckt.

Der kleine Prinz stellte seine Kiste ab und wünschte ihr höflich einen guten Tag.

»Guten Tag«, zischte die Schlange.

Sie war wütend, daß ihre Gefräßigkeit sie in eine derart unangenehme Lage gebracht hatte.

»Du siehst komisch aus«, bemerkte der kleine Prinz, »wie ein Hut.«

»Das kommt davon, wenn die Augen größer sind als der Magen«, maulte mißmutig die Boa.

»Du kennst dich doch aus im Wald. Kannst du mir erklären, wo die Tiere alle sind?«

»Sie sind hier«, antwortete die Schlange, »rund um dich herum. Du siehst sie bloß nicht, weil sie sich aus lauter Angst versteckt haben.«

Das Lächeln des kleinen Prinzen erlosch.

»Vor mir? Ich will ihnen doch nichts tun!«

»Ich weiß«, sagte die Schlange. »Ich habe sofort gemerkt, daß du nicht von dieser Welt bist, obwohl du wie ein Menschenjunges aussiehst. Aber die anderen sind nicht so scharfsinnig wie ich. Sie haben den Unterschied nicht erkannt und sich verkrochen. Was möchtest du?«

Der kleine Prinz hatte reiflich überlegt und war zu dem Schluß gekommen, daß Tiger wohl selbst am besten über ihre Verfolger Bescheid wüßten.

»Ich suche einen Tiger.«

»Ich kenne keinen«, erwiderte die Schlange. »Aber wenn du durch den Wald nach Norden gehst, wirst du zu einer Savanne kommen, und ich weiß aus sicherer Quelle, daß dort Löwen wohnen. Sie gehören zur gleichen Familie, vielleicht wissen sie etwas.«

Der kleine Prinz bedankte sich, nahm seine Kiste und machte sich wieder auf den Weg. Die großen Bäume wichen nach und nach zurück und ließen kleineren den Vortritt, Sträucher folgten, und am Ende kam der Busch mit seinen hohen Gräsern.

Die Löwen ruhten unter dem schattigen Dach eines Baums, den der kleine Prinz an seinem ungeheuren Stamm sogleich als Affenbrotbaum erkannte. Ob die Sprößlinge auf seinem Planeten wohl sehr gewachsen waren? Wenn sie eine bestimmte Größe erreicht hatten, ließen sie sich nämlich viel schwerer ausrupfen, weil sie sich an den Boden klammerten wie ein Sterbender ans Leben.

Der kleine Prinz trat näher.
»Guten Tag«, sagte er.
»Guten Tag«, sagte der Oberlöwe, ohne ein Gähnen zu unterdrücken, das einem Scheunentor alle Ehre gemacht hätte. »Was führt dich in diese Gefilde?«
»Ich suche einen Tiger«, antwortete der kleine Prinz.
Der Löwe zog eine Augenbraue hoch.
»Löwen sind dir nicht genehm?« knurrte er.
»Ich wollte dir nicht zu nahe treten«, lenkte der kleine Prinz schnell ein, um den Löwen nicht zu verärgern. »Ich hätte an ihn nur die Frage, wo es Tigerjäger gibt.«
»Hm«, brummte der Löwe. »Hier wirst du in einem Umkreis von Meilen keinen Jäger finden. Das hier ist nämlich ein Reservat.«
»Ein Reservat?« fragte der kleine Prinz. »Was ist das?«
»Ein Ort, wo man Tiere einsperrt«, antwortete der Löwe.
Der kleine Prinz sah sich verwundert um.
»Ich sehe aber nirgends Zäune oder Gitter.«
Der Löwe schüttelte seine Mähne.
»Der Käfig ist zwar groß«, erwiderte er, »aber, glaub mir, es ist einer.«
»Warum sperrt man euch denn ein?«
»Die Menschen behaupten, das sei ein Schutz und nur zu unserem Besten«, sagte der Löwe. »Aber was auch immer sie behaupten – ich bin der Überzeugung, sie tun es nur, um uns zu beherrschen. Der Mensch ist ein seltsames Wesen. Er duldet um sich nur Unterta-

nen, auch bei seinesgleichen. Alles wird organisiert, klassifiziert, reglementiert und einsortiert. In Wirklichkeit ist er unfähig, sich selbst zu beherrschen. Auf sich gestellt, verübt er die schlimmsten Greueltaten. Dahinter steckt viel verletzter Stolz. Der Mensch hält sich nämlich für den Nabel der Welt, aber er ist klein, und die Welt ist so groß, daß sie sich auch ohne ihn weiter dreht. Diese Erkenntnis empfindet er als Schmach, und in seiner Enttäuschung versucht er, alles seinem Kommando zu unterstellen.«

»Auf meinem Planeten kann jeder ohne Einschränkung tun und lassen, was er will«, sagte der kleine Prinz. »Allerdings lebe ich dort allein mit meiner Blume und meinem Schaf.«

»Dann bist du sehr glücklich«, erwiderte der Löwe.

Der kleine Prinz dankte ihm für seine Liebenswürdigkeit und ging aufs Geratewohl weiter. Mochte der Zufall seine Schritte lenken! Früher oder später würde er ganz sicher jemanden treffen, der Bescheid wüßte.

Seine Wanderschaft führte ihn über schwindelerregende Gipfel und endlose Ebenen, durch unermeßliche Wüsten und undurchdringliche Wälder. Lange Zeit war das Schaf seine einzige Gesellschaft. Der Planet war so groß, daß er nur selten einem Tier oder einem Menschen begegnete, die er nach Auskunft fragen konnte. Und ihre Angaben waren so ungenau, daß sie ihm nicht weiterhalfen.

Schließlich kam er zu einer Straße, die wie eine graue

Betonnarbe die Ödnis entzweischnitt. Wohin er auch schaute – nach vorne, nach hinten, nach links, nach rechts –, erstreckte sich, so weit das Auge reichte, eine endlose Schotterlandschaft, auf der ein paar vereinzelte Pflanzen sich mit der ihnen eigenen Beharrlichkeit mühten, Wurzeln zu schlagen und zu wachsen.

Seit einer Ewigkeit war der kleine Prinz schon auf dieser Straße unterwegs, in anscheinend immergleicher Entfernung zwischen den Horizonten, als ein Geknatter, das sich mit ohrenbetäubendem Crescendo von hinten näherte, die Stille zerriß. Dann hielt ein Wagen neben ihm, in Wolken von ekelerregendem Gestank und aufgewirbeltem Staub. Ein Mann stieg heraus und fragte mitfühlend:

»Hast du dich verirrt, mein Kind?«

»Nein«, gab der kleine Prinz schlicht zur Antwort.

»Was machst du auf dieser einsamen Straße, die aus dem Nirgendwo kommt und stets dahin zurückkehrt, mutterseelenallein mit deinem wolligen Freund?«

»Ich suche einen Tigerjäger.«

Diese Antwort verblüffte den Unbekannten. Auf seine Stirn zeichneten sich die Linien der Verwirrung.

»Das verstehe ich nicht«, sagte er bekümmert. »Kannst du es mir erklären?«

Der kleine Prinz widmete sich dieser Aufgabe mit Anmut. Er erzählte von seinem Planeten, von seinen Vulkanen, seiner Blume und seinem Schaf, berichtete vom Auftritt des Tigers und den dramatischen Veränderungen, die sich daraus ergeben hatten, und schilderte seine Reise von Stern zu Stern bis auf die Erde.

Der Mann hörte zu, ohne ihn zu unterbrechen, und nickte nur von Zeit zu Zeit ernst mit dem Kopf. Als der Bericht zu Ende war, schien er zu überlegen, dann schlug er vor:

»Komm mit zu mir. Ich kenne zwar keinen Tigerjäger, aber meine Freunde sind Legion. Erzähle ihnen deine Geschichte. Es müßte schon mit dem Teufel zugehen, wenn dir keiner helfen könnte.«

Der kleine Prinz wog das Für und Wider ab und kam zu dem Ergebnis, daß dieser Vorschlag so gut war wie ein anderer. Und da ihm von seinem langen Marsch die Glieder schwer geworden waren, nahm er dankbar an. Er wollte nur so bald wie möglich nach Hause zurückkehren, denn seine Rose fehlte ihm schrecklich.

Der Mann nahm sie mit, sein Schaf und ihn, und brachte sie in sein weitläufiges, prunkvolles Haus, in dem Luxus und Reichtum herrschten. Sogleich rief er seine Freunde, die in großer Zahl eintrafen. Der kleine Prinz wiederholte seine Geschichte, sie hörten aufmerksam, fast ehrerbietig zu und bekundeten ihren Beifall, indem sie gelegentlich mit dem Kopf nickten. Nur fand sich bedauerlicherweise kein Tigerjäger unter ihnen. Sie wurden von anderen Neugierigen abgelöst, und diese wieder von anderen. Dann klopften die, die schon dagewesen waren, noch einmal an, um die Geschichte ein zweites Mal zu hören. Sie schienen ihrer nicht müde zu werden, und das Haus wurde nicht mehr leer. Einzig die Tigerjäger glänzten weiterhin durch Abwesenheit.

Bald begannen die Zuhörer Fragen zu stellen. So wollten sie wissen, was die Rose zu bedeuten habe.

»Nichts«, sagte der kleine Prinz. »Sie ist nur eine Blume, mit Blättern und Dornen.«

»Aber Blumen können doch nicht sprechen«, wandten sie ein.

»Sie ist eben eine besondere Blume«, gab der kleine Prinz zur Antwort.

»Und der Tiger?« bohrten sie weiter. »Was sollen wir unter dem Tiger verstehen?«

»Einen gewöhnlichen Tiger eben, dem das Zirkusleben zuviel wurde«, erwiderte der kleine Prinz. »Deshalb ist er weggelaufen und hat sich auf meinem Planeten eingerichtet.«

Sie gaben ihm aber auch Rätsel auf.

»Ist das Schaf das Lamm?« fragten sie zum Beispiel.

»Es war ein Lamm, als es klein war«, sagte der kleine Prinz verwundert. »Ist das nicht bei allen Schafen so?«

Diese Erklärungen genügten ihnen nicht. Sie bildeten kleine Zirkel, um seine Worte zu analysieren.

»Der Tiger ist ein Ausdruck des Bösen in uns selbst«, meinte einer. »Anfangs war der Tiger in seinem Käfig gefangen, der Mensch beherrschte seine niederen Instinkte. Heute erlegt er sich keinerlei Zurückhaltung mehr auf und begeht die schlimmsten Greueltaten.«

»Die Rose verkörpert das Gute«, ergänzte ein anderer, »ein kostbares, verletzliches Gut, das Schutz braucht vor den Angriffen des Bösen. Wir alle müssen zu Tigerjägern werden, um das Böse, das tief in uns lauert, aufzuspüren und zu besiegen.«

»Das Lamm ist zu einem starken, kraftvollen Tier herangereift. In Anbetracht der Gefahren, die der Tiger uns verheißt, müssen wir unser inneres Wachstum beschleunigen, unsere tieferen Werte nähren und unseren Charakter stärken.«

So diskutierten sie tage- und nächtelang. Schließlich wandten sie sich an den kleinen Prinzen und legten ihm die Früchte ihres Denkens dar. Er möge ihnen doch einen Fingerzeig geben und ihnen sagen, ob sie seine Lehre richtig verstanden hätten.

Der kleine Prinz hörte ihnen zu, höflich wie immer, um dann unermüdlich zu wiederholen:

»Die Rose ist eine Pflanze. Der Tiger und das Schaf sind Tiere.«

Doch damit stieß er bei ihnen auf taube Ohren. Seine Antworten befriedigten sie nicht, sie waren zu einfach. Seine Worte mußten etwas anderes verhüllen, eine so tiefe, so dunkle Wahrheit, daß sie sie nicht erkennen konnten. Also nahmen sie ihre Grübeleien wieder auf und kümmerten sich nicht weiter um ihn.

Tage vergingen. Der kleine Prinz kam zu dem Ergebnis, daß diese Menschen ihm auf ihre Weise ein bißchen ähnlich waren. Auch sie suchten nach etwas und fanden es nicht. Sie konnten machen, was sie wollten, alle Winkel ihres Gehirns durchstöbern und sich den Kopf auf alle möglichen Weisen zerbrechen – jeder Gedankengang führte in eine Sackgasse.

In einer tintenschwarzen Nacht überließ er sie ihren fruchtlosen Betrachtungen, ein wenig enttäuscht, daß sie über ihrer fieberhaften Jagd nach einem ebenso ungreifbaren wie trügerischen Licht ganz vergessen hatten, daß er ihre Hilfe für seine Suche gebraucht hätte.

Wieder ging ein Tag zur Neige, und wieder hatten wir kein Schiff entdeckt, nicht einmal eines, das wie eine Ameise über den feinen Saum gekrochen wäre, wo der Himmel in der Ferne ans Meer genäht ist.

Wir pflückten ein paar von den Früchten, die uns die Natur in ihrer üblichen Großmut spendiert hatte, und setzten uns an den Strand, um auf den Beginn des Schauspiels zu warten, das uns Tag für Tag zur Stunde der Dämmerung von neuem verzauberte.

Nie war jemandem das Herz so schwer vor Sehnsucht wie dem kleinen Prinzen an diesem Abend.

»Auf meinem Planeten rücke ich mir immer einen Stuhl zurecht, um die Sonne zu beobachten«, sagte er. »Wenn sie heruntersteigt, um sich hinter dem Horizont zu verstecken, ist sie immer zu Streichen aufgelegt. Dann setzt sie ihre Unschuldsmiene auf und bekleckst den Himmel in allen Farben.«

Ich erzählte ihm, daß ich es ihm zu Hause in gewisser Weise gleichtat und in meinem Sessel sitzend Landkarten studierte.

»Es ist nicht so wichtig, was man tut«, philosophierte er. »Wichtig ist die Zeit, die man den Dingen widmet. Wenn man sich für einen Sonnenuntergang oder für eine Landkarte Zeit nimmt, zeigt man damit, daß man sie achtet, daß man dankbar ist für diesen kostbaren Augenblick des Lebens.«

Wir berauschten uns an der Kokosmilch und sahen schweigend zu, wie der Ozean den glühenden Ball in einer verschwenderischen Fülle von Gold und Rubin verschlang. Ein großer Friede erfüllte mich.

Ich weiß nicht warum, aber als der kleine Prinz ankündigte, er werde nicht mehr lange hier sein, überraschte mich das nicht sonderlich. Er habe schon zu lange gezögert, sagte er. Der Gedanke an seine Rose, die unerschütterlich ausharrte und auf seine Rückkehr wartete, schmerzte ihn zu sehr.

Was ich befürchtete, weiß ich gar nicht so genau, ein Drama, das Allerschlimmste, jedenfalls versuchte ich ihm etwas auszureden, was ich gar nicht ganz begriff, ihn von einem Vorhaben abzubringen, das er später womöglich bereuen würde.

»Und was ist mit dem Tiger?« fragte ich unbeholfen.

Der kleine Prinz erriet meine Bedenken.

»Mach dir um mich keine Sorgen«, beruhigte er mich.

Sandkörner haben oft die lästige Neigung, sich zu Gebirgen zu türmen. Die kompliziertesten Probleme sind oft viel weniger kompliziert, als man denkt, und haben die merkwürdige Eigenschaft, sich wie durch Zauberei aufzulösen, wenn sich die Lösung nicht ausgerechnet in dem Moment einstellt, in dem man sie am wenigsten erwartet.

»Und dein Schaf?«

Ein vorbeifliegender Engel flüsterte mir zu, daß ich mich zumindest in diesem Punkt nicht getäuscht hatte.

»Stimmt«, räumte er ein. »Wenn ich es mit zurücknehme und der Tiger es frißt, muß ich mir für den Rest meines Lebens Vorwürfe machen, daß ich es nicht beschützt habe, weil ich meiner Rose helfen wollte.«

Die Bitte, die er daraufhin an mich richtete, wollte ich gerne erfüllen. Doch dazu später.

Es war ein magischer Moment. Die Nacht war herabgesunken, und in den eisigen Feuern, die aus der bestirnten Ebenholzkuppel schlugen, schmolz die Silbergabe, die uns die Wellen sterbend zu Füßen legten. Eine sanfte Heiterkeit senkte sich auf diese Insel am Ende der Welt, wo das Schicksal aus einer Laune heraus zwei so verschiedene und doch so ähnliche Wesen zusammengewürfelt hatte.

Seite an Seite streckten wir uns unter den schützenden Blätterarmen einer Palme aus.

Eine düstere Vorahnung ging mir durch den Kopf, und ich schwor mir, daß ich die Augen offenhalten würde, was immer auch geschähe. Nicht, daß ich den Sternenreisegeschichten, mit denen der kleine Prinz mich in den letzten Tagen erfreut hatte, Glauben schenkte – die Vernunft erlaubte es mir nicht, darin etwas anderes als die kunstvollen Hirngespinste einer ausschweifenden Phantasie zu sehen. Aber die Enttäuschung, die durch seine letzten Äußerungen schimmerte, bereitete mir Unbehagen. Meine löblichen

Absichten wurden jedoch vom Rascheln der Palmwedel im Passat und dem leisen Knirschen der Wellen auf dem Sand schändlich hintertrieben, und ich schlief ein.

Als ich am nächsten Morgen erwachte, war ich wieder der einsame Schiffbrüchige von vorher.

Ich fand nicht die geringste Spur des kleinen Prinzen, obwohl ich – so unpassend dieser Ausdruck auch scheinen mag – die ganze Insel auf den Kopf stellte. Und da ich befürchtete, er habe womöglich versucht, die flüssigen Mauern dieses Kerkers schwimmend zu überwinden, machte ich noch eine Runde durch die Untiefen rund um die Insel.

Da erblickte ich, bis zu den Hüften im Wasser, die Silhouette der Skipskjelen, die Kurs auf die Insel hielt.

Der Kapitän der Skipskjelen hatte sich geschworen, mich zu finden, und wenn er bis ans Ende seiner Tage den von Korallenriffen und Atollen übersäten Archipel durchkämmen müßte. Durch sein Fernglas konnte er unschwer die aufgeregten Zeichen meiner Arme entziffern, die sich zu diesem Zweck in Signalflügel verwandelt hatten. Wenig später wasserte eine Schaluppe, um mich abzuholen.

»Bei der Kombüse der Medusa, Jan Maat!« rief der Kapitän, kaum daß ich einen Fuß an Deck hatte. »Ich dachte schon, Sie sind mit Neptun Sardinen angeln gegangen. Gehen wir in meine Kajüte, da läßt sich's besser plaudern.«

Er hörte aufmerksam zu, als ich bei einem Glas

Rum in allen Einzelheiten von meinem Abenteuer berichtete, und sagte die ganze Zeit kein Wort. Auch als ich vom kleinen Prinzen erzählte, trübte kein Hauch von Erstaunen, kein ungläubiger Schimmer den wachen Blick des alten Seebären, der schon ganz andere Dinge erlebt hatte.

Am Ende meines Berichts füllte er noch einmal unsere Gläser randvoll mit dem goldenen Feuer, das er so schätzte, zog an seiner Meerschaumpfeife, daß deren Kopf aufglühte, und nach einer wohlgesetzten Pause ergriff er das Wort:

»Ich bin ganz schön herumgekommen auf diesem Teufelsplaneten, der zu drei Vierteln von Wasser bedeckt ist, und habe dabei unglaublichere Dinge erlebt, als Sie sich überhaupt vorstellen können. Ich weiß nicht, wer dieses Kind war, dieser kleine Prinz, der Ihnen da begegnet ist, und woher er kam. Wenn Sie sagen, Sie haben ihn gesehen und mit ihm geredet, reicht mir das. Ich glaube Ihnen. Aber jetzt sagen Sie mal: Wollen Sie eigentlich immer noch nach Kyaukpyu?«

Ich senkte den Kopf und schämte mich, daß ich beim ersten Mißgeschick schon jede Lust auf Abenteuer verloren hatte.

»Wenn Sie erlauben, Kapitän«, sagte ich, »würde ich lieber nach Hause fahren.«

Er lächelte, klopfte mir auf die Schulter und gab der Mannschaft Befehl, den Kurs zu ändern.

Zwei Wochen später hatte ich meine Pantoffeln, meinen Sessel und meine Karten wieder.

Der kleine Prinz hatte mir soviel von Ihnen, lieber Herr von Saint-Exupéry, und seiner ersten Reise zur Erde erzählt, daß ich zu Hause nichts Eiligeres zu tun hatte, als mir eine Ausgabe Ihrer Werke zu besorgen, die mir, wie ich schon mehrfach erwähnte, nicht geläufig waren. Die Schilderung Ihrer Begegnung mit unserem Freund und Ihre Zeichnungen haben mir so gut gefallen, daß sie mir bis ans Ende meiner Tage lieb und wert sein werden – als Erinnerung an den kleinen Kerl, von dem ich jetzt weiß, daß ich mit Ihnen das seltene Privileg teile, ihn kennengelernt zu haben.

Ich habe diesen Brief allerdings nicht nur geschrieben, um Ihnen vom kleinen Prinzen zu berichten, um den Sie sich sorgten, sondern aufgrund seiner Bitte, die ich vorhin erwähnt habe.

Sehen Sie, der kleine Prinz konnte sein Schaf angesichts der Drohung, die in Gestalt des Tigers über seinem Haupt geschwebt hätte, doch nicht mitnehmen. Aus diesem Grunde hatte ich ihm angeboten, seinen Schützling bei mir aufzunehmen. Mein Garten ist jedoch nicht sehr groß, und das Schaf hätte sich wahrscheinlich bald gelangweilt. Immerhin war es ja gewohnt, einen ganzen Planeten, so klein er auch war, zur freien Verfügung zu haben.

Deshalb stimmten wir darin überein, daß es besser sei, es seinem legitimen Besitzer zurückzugeben.

Sie werden feststellen, daß es ein wenig älter geworden ist, auch dicker, was vermutlich die zwangsläufige Folge einer einseitigen Affenbrotbaumdiät ist. Auf jeden Fall ist es kerngesund, dafür hat unser Freund schon gesorgt. Ich schicke es Ihnen in seiner Kiste – der kleine Prinz braucht sie nicht mehr, und die Post ist heutzutage so pingelig, daß sie den kleinsten Gegenstand zurückweist, wenn er nicht angemessen verpackt ist.

Vielleicht sehen Sie den kleinen Prinzen vor mir wieder. In diesem Falle, lieber Herr von Saint-Exupéry, grüßen Sie ihn bitte ganz herzlich von mir, und sagen Sie ihm, daß er mir genauso fehlt wie Ihnen.

Ich hoffe nur, daß er mich in ebenso lebhafter und freundlicher Erinnerung behält wie Sie.

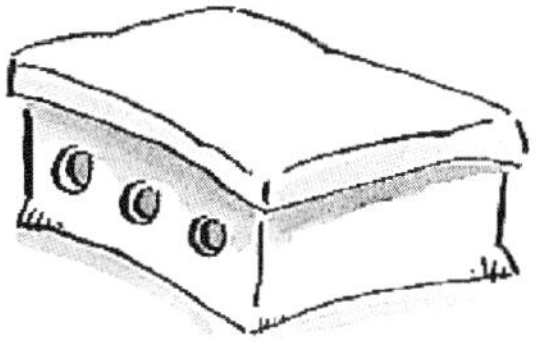

Nun reist unser Erzähler wieder mit dem Finger auf der Landkarte. »Für den Armchair Traveller und für unterwegs« möchten wir die Gelegenheit nutzen, um einige Bücher zu empfehlen. Wir reisen ...

... nach Rom:

Ein »Spaziergang auf der Antike«, bei dem man – von einem sachkundigen Autor geführt – heute darüber stolpert, was vor zweitausend Jahren ein Tempel oder ein Triumphbogen war. Peter O. Chotjewitz erklärt, wie man heute lebend über die Via Appia kommt, wo Goethe saß, als Tischbein ihn malte, und daß der erste Sponsor der Welt, Mäzenas, reich wurde, indem er einen Friedhof zuschaufeln ließ und ihn als Bauland verkaufte.

... und nach Neapel:

Die Gassen sind das Herz von Neapel, und kaum einer kennt sie so gut wie Marcello D'Orta. In seiner »Straßen-Autobiographie« verschmelzen groteske, lustige und traurige Begebenheiten aus dem täglichen Leben, aus Kunst, Politik und Literatur, mit dem Zauber des Orts. Auch wir wollen »Am liebsten Neapel« sehen nach der Lektüre.

... nach Madrid:

Mit Werner Herzog unternehmen wir einen »Streifzug durch Cafés und Bars« der zur Zeit aufregendsten Großstadt Europas, lernen dabei nicht nur die kulinarischen Genüsse kennen, sondern auch die »Dichter von Madrid«, und erfahren, warum das berühmte Café von allen, das Gijón, auch heute noch das Beliebteste ist.

... und »In Spanien«:

Wenn Sie Hans Christian Andersens »Märchen« kennen, werden Sie sich über diese historische Reiseerzählung besonders freuen: Auf abenteuerlichen Wegen, per Bahn, Kutsche und Schiff, fuhr Andersen die spanische Mittelmeerküste hinab, besuchte die Nordküste Marokkos und kehrte von Cádiz nach Burgos durch Zentralspanien zurück. »Reisen heißt leben!« behauptet der Dichter, und nach der Lektüre dieses bezaubernden Buches werden Sie dem nur zustimmen können.

... nach Ägypten:

Der bedeutendste ägyptische Autor, Nobelpreisträger Nagib Machfus, berichtet in »Mein Ägypten« von seiner Kindheit, seiner Familie und seinen Freunden, von seiner Stadt Kairo und seinem Land: »Für mich ist Ägypten nicht nur ein Stück Erde, es ist für mich das kulturelle Ursprungsland der Menschheit.« Mit zahlreichen eindrucksvollen Fotografien.

... in die Türkei:

Tim Kelsey bereiste das ganze Land, lernte Künstler und Musiker kennen, interviewte Archäologen, Busfahrer und Nachtwächter, sprach mit Derwischen, Sufi-Heilern und PKK-Politikern. Entstanden ist ein amüsantes und erschütterndes, authentisches und spannungsreiches Abbild der »Gesichter der Türkei. Von Istanbul bis Kurdistan« ... und ...

... auf der Seidenstraße:

Mit der amerikanischen Schriftstellerin Sally Hovey Wriggins können Sie als »Reisende auf der Seidenstraße« von China bis Indien gelangen: auf den Spuren des legendären buddhistischen Pilgers Xuanzang aus dem 7. Jahrhundert. Erleben Sie die Karawanenstraße und die buddhistischen Stätten von damals und heute, das überwältigende Panorama einer faszinierenden, geheimnisvollen und immer noch fremdartigen Welt ...